Un trône pour Noël

NINA MILNE

Un trône pour Noël

Traduction française de
ERWAN LARHER

AZUR

HARLEQUIN

Collection : Azur

Titre original :
THEIR CHRISTMAS ROYAL WEDDING

HARPERCOLLINS FRANCE
83-85, boulevard Vincent-Auriol, 75646 PARIS CEDEX 13
Service Lectrices — Tél. : 01 45 82 47 47 - www.harlequin.fr
ISBN 978-2-2804-5299-1 — ISSN 0993-4448

Composé et édité par HarperCollins France.
Imprimé en novembre 2021 par CPI Black Print (Barcelone)
en utilisant 100% d'électricité renouvelable.
Dépôt légal : décembre 2021.

FSC www.fsc.org MIXTE Papier issu de sources responsables FSC® C159065

Pour limiter l'empreinte environnementale de ses livres, HarperCollins France s'engage à n'utiliser que du papier fabriqué à partir de bois provenant de forêts gérées durablement et de manière responsable.

1.

Palais royal d'Aguilarez, novembre

Tandis que l'hélicoptère entamait sa descente vers le palais aux allures de forteresse dans lequel il avait grandi, Cesar observait le paysage de montagnes et de forêts en dessous de lui. Il n'était que rarement revenu ici au cours des trois années écoulées, et seulement en cas de nécessité.

Le décor ne parvenait pas à le distraire de ses sombres pensées. Il avait été convoqué à une réunion familiale, vraisemblablement pour définir une stratégie face au scandale qui avait secoué la maison royale d'Asturias, dont il était l'un des princes, mais aussi la maison de Valenti, qui régnait sur le royaume voisin de Casavalle.

Les deux petits pays, qui se partageaient la même île, partageaient également une longue histoire de querelles et de guerres. Une succession presque ininterrompue de tentatives d'invasion avaient laissé les deux royaumes marqués par les combats, jusqu'à ce qu'une paix soit négociée. Une paix qui avait duré plus de deux siècles et qui avait permis aux deux nations de prospérer.

Une paix désormais menacée. À cause de sa jeune sœur Meribel.

Comme ses quatre frères et sœurs, Meribel avait été élevée dans la conviction que le royaume d'Aguilarez passait avant tout, que le devoir était primordial et que les émotions n'avaient pas voix au chapitre.

Par conséquent, les agissements de cette dernière défiaient l'entendement.

Elle avait quitté son fiancé, le prince Luca Valenti, quelques jours avant leur mariage, et alors qu'elle était enceinte d'un autre homme. L'objectif de cette union était de cimenter une alliance et, à présent, ladite alliance était en lambeaux.

Puis un nouveau scandale les avait frappés par ricochet quand il s'était avéré que le prince héritier de Casavalle avait une sœur aînée dont tout le monde ignorait l'existence, Gabriella Ross, fille cachée issue du premier mariage du roi Vincenzo Valenti. Celui-ci était mort depuis six mois lorsque la nouvelle s'était ébruitée, et c'était cette jeune femme élevée au Canada sans rien savoir de son ascendance royale qui allait monter sur le trône de Casavalle.

Le désordre engendré par tous ces événements avait suscité des mouvements de contestation au sein des populations des deux pays, et les vieilles rancœurs avaient refait surface.

Cesar comprenait donc qu'on lui ait demandé de revenir au palais, mais la manière lui laissait un goût amer dans la bouche : un ordre sec plus qu'une requête, sans aucune trace d'affection. Ce n'était certes pas une surprise, car sa famille n'avait jamais été très affectueuse ; toutefois, il avait toujours en lui un soupçon d'espoir que cela pourrait changer.

En descendant de l'hélicoptère, il respira l'air frais de la montagne avec le sentiment de satisfaction de celui qui revient dans le pays qu'il aime.

Lorsqu'il pénétra dans la salle du trône, ses parents étaient déjà assis à l'énorme table circulaire en bois, le visage grave. Derrière eux, sur une estrade, l'imposant trône de pierre incrusté de joyaux, butin de victoires d'un lointain passé, dominait la pièce. Les murs étaient ornés de tapisseries et de peintures représentant de vieilles batailles, et une paire d'épées croisées surmontait l'immense cheminée en marbre.

— C'était moins une, Cesar ! attaqua son père, le roi Jorge. Nous sommes attendus dans quelques heures à Casavalle, et nous devons préparer les entretiens que nous y aurons.

Cesar avait mis son cerveau en mode « ambassadeur », le rôle pour lequel il avait été élevé, auquel il était destiné depuis le jour de sa naissance.

— Mes excuses, Père.

— Avant tout, nous devons parler de Lady Amelia, annonça sa mère sans ambages.

— Nous *devons ?* répéta Cesar, incrédule.

Il n'arrivait pas à imaginer en quoi il était nécessaire d'évoquer Lady Amelia Scott-Browne, sa petite amie actuelle – même si la rupture était imminente. En effet, Amelia avait montré des signes de possessivité, ce qui prouvait qu'elle avait oublié les règles auxquelles elle avait souscrit. La première, et la plus importante, était l'impossibilité d'un avenir commun. Non seulement Cesar évitait toute forme de relation durable, mais il n'avait aucune intention de se marier. Il n'arrivait pas en première position dans l'ordre de succession au trône, donc il n'avait aucune obligation maritale. De plus, ses frères s'étaient mariés et tous deux avaient désormais des héritiers.

— Oui, Cesar, nous *devons*. Tu dois mettre fin à cette… histoire, affirma sa mère avec une moue de dégoût.

— Pourquoi ?

Ses parents n'avaient jamais interféré dans ses « histoires », jusqu'alors. Ils avaient plutôt tendance à faire comme si elles n'existaient pas.

— Parce que nous avons un plan, déclara le roi.

— Quel plan ?

Un mauvais pressentiment l'assaillit.

— La meilleure façon de forger une alliance et de montrer au monde qu'Aguilarez et Casavalle sont toujours des nations amies est le mariage. Donc, Cesar, tu vas épouser la nouvelle princesse héritière de Casavalle. Gabriella Ross deviendra ta femme.

Cesar eut soudain l'impression que le sol se dérobait sous ses pieds…

2.

Palais royal de Casavalle, décembre

Le sommeil ne venait pas. Gabi avait compté deux mille sept cent cinq moutons, essayé de respirer profondément, s'était répété que c'était un péché de ne pas parvenir à s'endormir dans des draps aussi fins, entourée de tout le luxe qu'une future reine était en droit d'attendre, en vain. Son cerveau bourdonnait et de trop nombreuses réflexions s'y bousculaient.

Future reine… Ces mots résonnaient dans sa tête, sous-tendaient chaque réflexion, chaque rêve, et un sentiment prégnant d'irréalité rendait la situation presque impossible à vivre. Pendant trente ans, elle avait cru être une personne ordinaire, normale, élevée par son oncle et sa tante âgés dans une petite ville des montagnes canadiennes. Elle avait hérité de leur librairie, adorait son métier et y consacrait sa vie.

Et maintenant, voilà qu'elle résidait dans le palais royal de Casavalle. Tout ça parce que, huit mois auparavant, elle avait trouvé deux lettres écrites par sa mère, décédée alors que Gabi n'avait que trois ans : une adressée au roi Vincenzo de Casavalle et l'autre destinée à Gabriella elle-même.

Ces lettres lui avaient révélé sa véritable identité, et surtout sa filiation paternelle avec le roi Vincenzo Valenti. Un père qu'elle n'avait jamais connu et ne connaîtrait jamais, qui n'avait jamais su qu'elle existait. C'était d'autant plus ironique que durant toute son enfance, quand elle imaginait qui était son père, l'un de ses fantasmes était d'être une princesse abandonnée…

Gabi renonça à chercher le sommeil et s'assit dos aux moelleux oreillers. Elle parcourut la vaste chambre du regard, avec ses meubles anciens, ses miroirs dorés, ses tentures et ses tapis. Dans un coin se dressait un arbre de Noël magnifiquement décoré. Une soudaine poussée de nostalgie la tenailla en repensant à sa petite chambre de Crystal Lake, à son mobilier en pin tout simple, au poster du joueur de hockey qu'elle adorait pendant son adolescence encore accroché à l'intérieur de son armoire…

Stop ! Tu as tellement de raisons d'être reconnaissante ! se rappela-t-elle. Après la mort de son oncle et de sa tante, elle s'était retrouvée seule, sans plus aucune famille. Aujourd'hui, elle avait deux demi-frères formidables, desquels elle s'était immédiatement sentie proche. En prime, Luca était tombé amoureux au Canada de sa meilleure amie, Imogen. Antonio, le cadet des deux frères, allait bientôt se marier avec Tia, que Gabriella aimait déjà. Et la reine Maria, la mère des princes, l'avait accueillie avec dignité, grâce et chaleur, comme tout le monde au palais.

Pourtant, Gabi était toujours hantée par la culpabilité. Luca avait été élevé avec la certitude d'être l'héritier du trône de Casavalle et, maintenant, il devait lui céder la place. L'impact de ce bouleversement sur une famille à laquelle elle s'était déjà attachée la perturbait. Elle avait peur de ne pas devenir la souveraine juste, équitable et sage que le pays méritait.

Elle ne savait même pas comment faire pour être à la hauteur, ce qui perturbait son sommeil au moins autant que la perspective du grand bal de présentation prévu en son honneur le lendemain. Elle ressentait une pression terrible, qui l'angoissait à lui nouer l'estomac.

Pour le bien de Casavalle et d'Aguilarez, Gabriella devait rallier les gens à sa cause, tenter d'endiguer les séquelles des scandales qui avaient fait resurgir les ressentiments entre les deux royaumes et provoqué des troubles. Elle allait faire face à tous les dignitaires, et chacun de ses mouvements serait scruté, dans son pays comme à l'étranger. Elle devrait rencontrer aussi la famille Asturias, y compris le redoutable prince Cesar, qui, selon la rumeur, n'était pas très heureux d'avoir été rappelé à la cour pour assurer ses fonctions princières.

Parfois, elle avait l'impression d'être une source de problèmes du simple fait de son existence. La vie des deux maisons royales aurait été plus facile si elle n'avait pas découvert la vérité sur ses origines. C'était un sentiment horriblement familier : enfant, elle s'était doutée que l'existence de son oncle et de sa tante aurait été plus simple, plus heureuse, s'ils n'avaient pas eu à s'occuper d'elle. Peter et Bea étaient un vieux couple sans enfants, qui s'était retrouvé sans le vouloir avec Gabi sur les bras. Et maintenant, elle avait atterri dans le paysage de Maria, Luca et Antonio, et bouleversait leur histoire autant qu'elle avait bouleversé celle de Peter et Bea.

Gabriella se leva. Elle ne parviendrait pas à dormir, et si elle restait dans ce lit, les doutes, le poids des responsabilités, la peur de se ridiculiser l'écraseraient dans les oreillers moelleux et l'étoufferaient. Elle enfila un jean et un pull trop grand par-dessus son pyjama, puis une paire d'espadrilles. Elle avait dans l'idée de se rendre dans les cuisines pour se préparer un thé et une collation – trop nerveuse, elle n'avait rien mangé au dîner.

Elle se faufila sur la pointe des pieds dans le large couloir, puis se rendit compte du ridicule de la situation : pourquoi raser ainsi les murs alors qu'elle était dans *son* palais, après tout ? Cependant, ce n'était pas aussi simple. Elle était prisonnière de règles ancestrales et de coutumes millénaires, tout comme de son angoisse de jeter le discrédit sur le nom des Valenti – comme sa mère l'avait fait trente ans auparavant. Sans explications, Sophia avait fui Casavalle et son mariage, abandonné son mari et disparu au milieu de la nuit.

Plus Gabi approchait des cuisines, plus le courage la

désertait. Malgré l'heure tardive, elle pouvait entendre le personnel se préparer pour les festivités du lendemain et les fêtes de fin d'année. C'était comme si le palais ne dormait jamais. Apparaître à l'improviste lui semblait soudain déplacé, inconvenant. Elle ne savait même pas où étaient rangés les sachets de thé, ou si elle pourrait mettre la main sur des biscuits. Elle allait rebrousser chemin lorsqu'une idée lui vint. Oui, elle savait exactement où elle voulait être.

Dans les écuries.

Elle était sûre d'y trouver un peu de calme et de paix, en compagnie d'êtres magnifiques qui se moquaient bien de savoir si elle était une princesse ou non, qui ne la jugeraient pas. De plus, deux superbes chevaux étaient arrivés d'Aguilarez le matin même et, aussi ridicule que cela puisse paraître, Gabi avait peur qu'ils aient le mal du pays.

Elle passa devant les cuisines et avança jusqu'à une porte latérale qui donnait sur la cour pavée. Elle l'ouvrit sans bruit et se glissa dehors. Aussitôt, la morsure glaciale du vent d'hiver la saisit. Elle inspira à pleins poumons, comme elle aimait le faire au Canada ; l'odeur était familière bien que légèrement différente. La neige n'allait pas tarder…

Au moment où elle entra dans les écuries, instantanément, un sentiment de réconfort enveloppa Gabriella. Elle se dirigea directement vers les stalles qui abritaient les nouveaux arrivants.

La jeune femme caressait doucement le chanfrein du plus proche, quand un bruit la paralysa. Des pas, le froissement d'un tissu… La panique l'envahit. Son instinct la propulsa dans le box voisin ; elle plongea dans la paille et s'allongea sans bouger, le cœur battant.

Cesar ressassait son irritation et ses idées noires en traversant la cour du palais de Casavalle, après une énième réunion entre les Asturias et les Valenti. Il avait été désigné pour le sacrifice d'un mariage politique. Le diplomate en lui consentait à cette nécessité, qui cimenterait l'alliance entre Casavalle et Aguilarez, montrerait au monde que les deux familles régnantes acceptaient Gabriella Ross comme reine légitime. Cette union annulerait l'insulte de la défection de Meribel. L'ironie de la situation ne lui échappait pas : sa sœur avait fait faux bond au dernier moment, incapable de se résigner à un mariage sans amour au nom du devoir, alors il prenait sa place.

Le lendemain, il assisterait au bal donné en l'honneur de la future souveraine de Casavalle. Le début officiel de son « opération mariage ». Parce qu'il s'agissait bien d'une véritable opération, qu'il planifiait avec autant de soin qu'un général planifiait une campagne militaire. De nos jours, aucun membre d'une famille royale ne pouvait être contraint à se marier. Et, comme son père l'avait noté, Gabriella Ross, qui n'avait pas été élevée à la cour de Casavalle, pourrait ne pas comprendre le principe d'une union maritale arrangée pour raisons politiques.

Cesar avait obtenu de ses parents qu'ils le laissent agir à sa manière. Il leur avait demandé de ne pas tenter d'influencer Gabriella de quelque façon que ce soit. Il avait avancé l'échec qu'avait été la tentative de mariage arrangé de Meribel, argument qui avait suffi à les convaincre. Le roi et la reine n'avaient eu aucun mal à persuader à leur tour la reine Maria de Casavalle de ne rien dire ni à ses fils ni à Gabriella.

Un hennissement en provenance des écuries voisines le tira de ses pensées. Il avait été attristé d'apprendre que, comme preuve de leur volonté d'apaiser les tensions entre les deux royaumes, ses parents avaient offert à Gabriella deux pur-sang issus des écuries royales d'Aguilarez ; dont Ferron, auquel Cesar était particulièrement attaché. Il n'avait pas eu voix au chapitre. Sa mère avait même paru exaspérée par sa protestation :

— Cesar, tu as à peine mis les pieds au palais ces deux

dernières années ! Comment peux-tu prétendre avoir de l'affection pour ce cheval ?

C'était une réaction tellement typique de sa famille ! En son sein, les émotions n'avaient pas cours. Le mariage de son père et sa mère était une union froide, sans signes d'intimité, ou même de simple attachement. À tel point que Cesar avait juré dès son plus jeune âge que le mariage n'était pas pour lui, puis s'était délecté de son existence de célibataire. Il s'était fait fort de profiter de la vie, de s'assurer que chaque relation comprenait du plaisir et de la passion à court terme. À partir de maintenant, un destin similaire à celui de ses parents s'offrait à lui. Et il l'acceptait, pour le bien de son pays.

Il décida d'aller dire bonjour à Ferron et bifurqua vers les écuries. À peine y était-il entré qu'il se figea. Il n'était pas seul. Son instinct lui soufflait que quelqu'un se dissimulait dans l'ombre. Un voleur de chevaux ? Dans l'enceinte du palais royal ? Une personne qui ne souhaitait pas que les tensions entre les deux royaumes s'apaisent ? Il se dirigea sans bruit vers la stalle de Ferron. Le bel étalon allait bien. La porte de la stalle voisine, qui n'abritait aucun occupant, était entrouverte. Il y entra, tous ses sens en alerte.

Cesar distingua une silhouette couchée sur la paille. Il sortit son téléphone de sa poche et en alluma la lampe torche. Dans le faisceau, de longs cheveux châtains, un adorable petit nez droit, d'aristocratiques pommettes hautes. Il avait affaire à une femme sublime, pas à un criminel.

Mais pourquoi diable Gabriella Ross, princesse héritière de Casavalle, se cachait-elle dans les écuries ?

3.

Gabi plaça une main devant son visage pour se protéger du faisceau lumineux. Instantanément, l'homme qui tenait la torche la braqua vers le sol. Que faire, à présent ? Qu'est-ce qui lui avait pris de se cacher ? Quelle idiote ! L'envie d'évacuer en sanglots sa mortification était tentante, mais elle refusa de succomber. Mieux valait tâcher de retrouver un semblant de dignité.

Alors qu'elle levait les yeux vers l'inconnu, celui-ci se baissa et lui tendit la main.

— Puis-je vous aider à vous relever, Altesse ?

Alors ça, c'est le pompon ! Il t'a reconnue ! Tout espoir de prétendre être une palefrenière s'évanouit.

— Merci, murmura-t-elle.

Sa poigne était douce et ferme à la fois. Lorsque Gabi fut debout, elle jeta un coup d'œil vers son visage. Malgré l'obscurité, elle nota ses traits fins à l'expression amusée, les cheveux sombres et courts, la mâchoire ferme, puis le grand corps athlétique et les vêtements de prix. Très sexy.

Aussitôt, elle s'exhorta à se ressaisir. Cet homme était un inconnu qui se trouvait de nuit dans les écuries de Casavalle ! Comment pouvait-elle réagir ainsi ? Elle se dit qu'elle devrait avoir peur, mais… il lui semblait vaguement familier. Seigneur ! Était-ce quelqu'un qu'elle était supposée connaître ? Elle avait été présentée à tant de personnes au cours des dernières semaines qu'il lui était impossible de se souvenir de toutes. Pourtant, elle se souviendrait de cet homme si elle l'avait déjà rencontré. Il se dégageait de lui un tel magnétisme, un tel charisme !

Penser avec ses hormones plutôt qu'avec son bon sens n'était pas le comportement attendu de la part d'une reine. *Réfléchis, Gabi !* Le bel inconnu était dans les écuries à plus de minuit : pourquoi ? Il y avait de bonnes chances que sa présence ait un lien avec les chevaux. Peut-être avait-il été envoyé pour veiller sur Ferron et Arya, les cadeaux de la famille Asturias. Il ne ressemblait pas à l'image qu'elle se faisait d'un palefrenier, mais tout était si différent dans son nouveau monde ! Quoi qu'il en soit, elle devait cesser de le regarder fixement. Une future reine ne restait pas bouche bée devant un étranger.

— Merci, dit-elle. Et… hum… Désolée pour ça.

Elle fit un geste vers la paille avec ce qu'elle espérait être un sourire malicieux. Elle savait que c'était plus probablement une grimace.

— Cela peut sembler stupide, mais j'avais peur que Ferron et Arya aient le mal du pays.

L'homme lui sourit avec empathie.

— Je comprends. Et j'apprécie votre sollicitude envers ces animaux.

Il tendit la main et retira un peu de paille de ses cheveux. Gabi était presque sûre qu'un vieil édit royal rendait ce geste passible de mort. Pourtant, celui de cet homme avait paru très naturel.

— Je… Vous m'avez fait peur et j'ai voulu me cacher. Je n'avais pas imaginé que quelqu'un d'autre viendrait voir les chevaux. Je suis désolée si j'ai interrompu votre travail.

Pendant une seconde, une expression qu'elle ne sut interpréter traversa le visage de l'inconnu, puis il fit un pas en arrière et exécuta une sorte de révérence.

— Vous n'avez pas besoin de vous excuser, princesse. Ces chevaux sont maintenant à vous, et vous pouvez leur rendre visite à toute heure du jour ou de la nuit. Je sais qu'ils apprécieront vos soins.

— Dites-moi, êtes-vous leur… ?

Elle laissa sa question en suspens, afin de ne pas offenser l'homme s'il n'était pas le palefrenier.

— J'ai été responsable d'eux. Je suis passé ce soir pour m'assurer qu'ils se sont bien acclimatés, qu'ils n'ont pas, comme vous dites, le mal du pays. Je vais bientôt retourner à Aguilarez.

Il scruta longuement son visage avant de reprendre, d'un ton hésitant :

— Si vous voulez, nous pourrions faire une promenade au clair de lune. Ce serait l'occasion pour vous d'apprendre à connaître Ferron et Arya.

Gabi en resta pantoise. Les princesses royales étaient-elles censées faire des balades au clair de lune avec des inconnus ? Sans doute pas, mais…

Son cerveau s'emballa. Il cherchait des justifications à son désir instinctif de dire oui. Cet homme n'était pas vraiment un étranger puisqu'il faisait partie de la délégation venue d'Aguilarez. Accepter sa proposition pourrait donc s'apparenter à un geste d'amitié entre les peuples, non ? De plus, il semblait aimer ces chevaux et voulait probablement faire un dernier tour avec eux ; il serait malvenu de le lui refuser. Et…

Oh ! Arrête, Gabi ! Inutile de te chercher des excuses, tu as envie de cette promenade à cheval avec lui, un point c'est tout !

— Oui, ça me plairait, merci.

— Il fait un peu froid. Je peux vous prêter mon manteau, si vous voulez.

— Alors c'est vous qui aurez froid.

— Je suis habitué à ces températures, princesse. Mon pull-over suffira.

Avec un sourire qui la fit vaciller, il ôta son manteau et le lui tendit.

— Merci. Même si je pense que je vais avoir l'air ridicule.

Mais peut-être pas plus ridicule qu'elle ne l'était déjà, avec son pyjama qui dépassait aux poignets et aux chevilles, songea Gabriella en s'enveloppant dans le manteau. Le parfum subtil qui s'en dégageait l'enivra aussitôt.

Qu'est-ce qu'il t'arrive, Gabi... ?

— Je vais seller les chevaux, annonça-t-il.

— *Nous* allons les seller, corrigea-t-elle. Lequel préférez-vous monter ? Ferron ?

— J'aimerais bien.

Gabi ne put s'empêcher d'observer l'inconnu pendant qu'il installait la selle sur le dos du pur-sang. Ses gestes étaient sûrs et fluides. Quel que soit son rôle, il était à l'aise avec les chevaux. Lorsqu'il passa le mors à Ferron, il lui murmura quelques phrases et lui caressa l'encolure. L'homme et l'animal se connaissaient, Gabi n'avait plus aucun doute à ce sujet. Ses dernières craintes s'envolèrent.

Ils trottèrent quelques minutes sous le magnifique clair de lune avant que la curiosité ne pousse Gabriella à demander :

— Vous êtes au service de la famille royale depuis longtemps ?

— Depuis toujours. On peut dire que c'est une tradition familiale.

Sa voix était teintée d'une légère ironie.

— Vous le regrettez ?

Il fronça les sourcils, comme s'il en avait trop dit et ne souhaitait pas s'appesantir sur le sujet.

— Pas du tout, mais il est parfois difficile de savoir son existence déjà toute tracée.

— J'aimais bien ça dans la mienne. Mon ancienne vie, je veux dire.

— Vous travailliez dans une librairie au Canada, n'est-ce pas ?

— Mon oncle et ma tante possédaient le magasin et j'en ai hérité à leur mort.

Peter et Bea étaient décédés à quelques mois d'intervalle, et Gabi les avait profondément pleurés. Elle les avait aimés et leur serait toujours reconnaissante de l'avoir accueillie, d'avoir sacrifié certains de leurs rêves pour elle. Elle avait mis du temps à se faire à l'idée qu'elle était désormais seule au monde. Mais son dynamisme naturel avait repris le dessus et elle s'était lancée à fond dans son travail. Elle avait continué à donner des cours à des enfants et des adultes ayant des problèmes d'alphabétisation tout en se démenant pour assurer le succès de la librairie.

— Cela peut paraître dérisoire comparé au fait de régner sur un royaume, mais j'aimais ma boutique, et elle était florissante.

Elle avait engagé un gérant, qu'elle appelait aussi souvent que possible pour s'assurer que tout allait bien.

— Vous n'aviez aucune idée de votre ascendance royale ?

— Aucune.

— Alors ce doit être difficile, déclara-t-il.

Gabi se tourna vers lui, étonnée par sa remarque. Elle croisa son regard franc.

— Vous êtes l'une des rares personnes à me dire cela.

Tout le monde pensait qu'elle était ravie de son changement de statut, de sa nouvelle position sociale censée lui apporter gloire, fortune et pouvoir.

— La plupart des gens ont une vision déformée de l'univers des têtes couronnées, poursuivit-il. Ils s'imaginent qu'il est seulement question de glamour, d'argent et de célébrité. Cela en fait partie, mais il y a un revers à la médaille.

— Oui. Les règles, les…

Gabi s'interrompit, consciente qu'il était sans doute malséant de se plaindre. Ce n'était probablement pas conforme au code de conduite des princesses.

— Bref, reprit-elle, l'adaptation n'est pas toujours aisée.

Le changement était arrivé si vite ! Un changement radical et terrifiant. Toutefois, son rang lui commandait de garder une certaine réserve. C'était mission impossible face à cet homme, avec lequel il était si facile de parler. Or elle ne pouvait pas lui faire confiance. Elle ignorait tout de lui. Elle décida donc de changer de sujet de conversation :

— Et vous ? Vous travaillez pour la maison royale par tradition familiale, mais ce n'est pas une obligation, si ?

Ils chevauchaient à présent dans un petit bois. La lumière de la lune traversait les feuillages et dessinait des ombres sur le visage de son compagnon, qui avait soudain l'air mal à l'aise.

— Je fais partie de ceux qui pensent que la tradition est une chose importante. Mon travail me plaît. Ma vie est belle. Si je vous ai donné l'impression d'avoir des regrets, c'est une erreur.

Pourtant, Gabi était sûre qu'il en avait. Son intuition était formelle.

— Vous savez, je ne parlerai à personne de cette conversation, et jamais je ne me permettrai de dire à quiconque que vous avez des réserves quant à votre travail.

De manière inattendue, il lui sourit, un sourire chaleureux et rassurant qui fit s'envoler une nuée de papillons dans son ventre.

— Je vous remercie, princesse. Et je vous assure que cette conversation est confidentielle pour moi aussi. Mais je ne crains pas la famille Asturias.

— Quelle chance ! Moi, si…

Les mots étaient sortis de sa bouche sans qu'elle en ait eu l'intention. Gabi leva les yeux au ciel. *Quelle idiote !*

— Pourquoi ? demanda-t-il d'un ton à la fois curieux et tranchant.

— Je… Ils n'ont rien fait de mal, bredouilla-t-elle. C'est juste que… Il y a mon bal de présentation, demain, et pour être honnête, je suis terrifiée.

— Par la famille Asturias ?

— Pas seulement par eux. Tout me terrifie. Si j'étais née dans ce monde, je saurais quoi faire. Or ce n'est pas le cas. Il y a tellement de choses qui pourraient mal tourner ! Je pourrais dire la mauvaise chose à la mauvaise personne et déclencher un scandale politique. Je pourrais me prendre les pieds dans ma robe et tomber, utiliser la mauvaise fourchette, avoir un bout de salade coincé entre les dents ! Je vais être exposée aux yeux de tous, et je le redoute.

— Vous n'avez rien à craindre. Vous êtes princesse de Casavalle et, si je puis me permettre, vous êtes magnifique. Vous éblouirez tous les invités.

Gabi rougit sous le compliment. Le regard brûlant de l'inconnu embrasait son corps et ses sens. Un frisson la parcourut. Bien sûr, elle savait qu'il essayait juste de la faire se sentir mieux et qu'elle n'était pas « magnifique ». Sa longue chevelure châtaine était son meilleur atout, mais elle ne savait jamais comment la coiffer. Quant au reste de sa personne… elle était ordinaire, presque gauche du haut de son mètre soixante-quinze.

— C'est gentil, mais je ne veux éblouir personne. Tout ce que je souhaite, c'est m'en sortir sans me ridiculiser. Je désire convaincre les gens que je peux être reine. Et je doute d'y parvenir avec les Asturias, en particulier le prince Cesar.

Son compagnon arrêta sa monture. Elle l'imita.

— Pourquoi dites-vous cela ? demanda-t-il.

Gabi soupira, ne sachant pas pourquoi elle se confiait à cet homme. Peut-être parce qu'elle espérait que, puisqu'il les fréquentait depuis longtemps, il pourrait la rassurer. D'après ce qu'elle avait appris, Cesar n'était guère rentré chez lui ces dernières années. Sa vie d'ambassadeur de son royaume était un tourbillon étincelant de voyages et de fêtes, généralement avec une belle femme à son bras.

— Apparemment, le prince Cesar est furieux d'avoir été rappelé à Aguilarez pour assister à ce bal et m'être présenté.

L'homme sembla hésiter.

— Si j'étais vous, je ne me fierais pas aux ragots, princesse, dit-il enfin. Le prince Cesar est un diplomate. Assister à ce bal fait partie de son travail. Il est peu probable que cela le rende furieux, à mon avis.

Gabi secoua la tête, réalisant soudain qu'elle était en train de rapporter des commérages.

— Peut-être qu'il ne veut tout simplement pas danser avec moi, énonça-t-elle avec légèreté. Nous sommes supposés ouvrir le bal ensemble, et il a probablement entendu dire que je ne savais pas danser.

Une autre raison de paniquer, se souvint-elle.

— Je suis sûr que vous vous sous-estimez. Je peux voir votre grâce naturelle dans votre façon de monter.

Bizarrement, le compliment lui fit du bien.

— C'est différent. Je monte depuis l'adolescence. Jusqu'à mon arrivée à Casavalle, je n'avais jamais dansé ; surtout pas la valse ! Je fais le désespoir de mon professeur. Et demain, je vais devoir valser avec un inconnu sous les yeux de tout le monde.

L'idée la faisait frissonner, même bien au chaud dans le manteau de son compagnon.

— Je suis certain que tout se passera bien, princesse, affirma-t-il. Vous devez avoir foi en vous. Imaginez-vous telle que vous êtes maintenant : je vous certifie que, si vous avez la capacité de monter un cheval comme Arya, et avec tant de grâce, alors vous pouvez valser.

Sa voix débordait de conviction. Gabi aurait tellement aimé lui en voler un peu ! Elle se tourna vers lui, le cœur battant.

— Il ne s'agit pas seulement de la valse, admit-elle doucement. J'espère que je serai capable de jouer le rôle de la princesse héritière.

— Ce n'est pas un rôle. Vous n'aurez pas besoin de jouer. Vous êtes la princesse héritière, et vous deviendrez bientôt reine. Vous êtes née ainsi, vous ne pouvez pas vous en défaire comme on enlève un costume en sortant de scène.

Sa voix rauque semblait vibrer dans la nuit argentée par le clair de lune. Pourtant, la panique n'avait pas déserté Gabi. Soudain, elle prit conscience qu'il était sans doute très tard.

— Nous devrions faire demi-tour.

— Princesse ?

— Oui ?

L'inconnu ouvrit la bouche comme pour parler, puis parut se raviser et secoua légèrement la tête.

— Non, rien. Vous avez raison. Rentrons.

Ils firent le trajet du retour en silence. Gabriella ne pouvait s'empêcher d'étudier son compagnon à la dérobée, surprise par l'attirance qu'elle ressentait. Il n'était pas du tout son type. Les quelques hommes qu'elle avait fréquentés dans le passé étaient tous si différents de lui ! Moins impressionnants, moins intimidants. Plus… *normaux*. Bien qu'il ait été très courtois, Gabi devinait qu'il pouvait être impitoyable si nécessaire. Heureusement qu'il retournait à Aguilarez sous peu, se dit-elle. Sa simple présence la perturbait beaucoup trop.

Parvenu aux écuries, son compagnon descendit de son cheval et se dirigea vers elle pour l'aider à en faire de même. Gabi retira sa chaussure de l'étrier et passa la jambe par-dessus sa monture. Trop vite ? Arya secoua la tête et se cabra. Empêtrée dans son trop long manteau, la jeune femme perdit l'équilibre et bascula vers le sol. Heureusement, deux mains fermes la rattrapèrent et la déposèrent par terre en douceur. Son pouls grimpa en flèche. Elle pouvait sentir une odeur boisée d'eau de toilette qui lui donnait le vertige, le corps musclé de l'inconnu contre son dos, ses bras autour de sa taille.

Ils restèrent ainsi enlacés une seconde que Gabi aurait voulu voir durer l'éternité. Puis il la relâcha, avant de faire un pas en arrière. Elle se retourna. Leurs regards se croisèrent et il planta ses prunelles sombres dans les siennes.

— J'aurais dû me souvenir de vous prévenir, dit-il d'une voix rauque. Arya est toujours un peu effrayée quand on en descend.

— Et moi, j'aurais dû faire plus attention avec un cheval qui ne me connaît pas, répliqua-t-elle dans un souffle.

Il était si proche que leurs lèvres auraient pu se frôler si Gabi avançait juste un peu… Comme si l'esprit de son compagnon avait suivi le même chemin, une étincelle enflamma ses pupilles.

— Votre manteau, réussit-elle à marmonner, la gorge sèche.

Elle s'empressa de le retirer et de le lui rendre.

— Merci.

Ils se dévisagèrent en silence. Gabi avait l'impression que des flammèches de désir crépitaient dans l'air autour d'eux.

— Vous devriez rentrer, déclara-t-il. Je vais m'occuper des chevaux.

— Merci pour la balade de minuit.

Elle aurait voulu en dire plus, mais c'était impossible. Elle était déjà allée trop loin avec cet inconnu, et elle pouvait difficilement lui proposer un nouveau rendez-vous.

— De rien, princesse. Et ne vous inquiétez pas pour le bal de demain. Vous allez éblouir tout le monde, y compris le prince Cesar. Je le devine.

— Je… Merci, bafouilla-t-elle.

Gabi sentait que leurs corps parlaient une tout autre langue que leurs cerveaux, et qu'il s'agissait de la même. Sans l'avoir décidé, elle fit un pas en avant. Les yeux de l'homme se posèrent sur sa bouche, puis remontèrent pour accrocher son regard. Pendant une seconde, elle crut qu'il allait l'embrasser. Elle entrouvrit les lèvres et ferma ses paupières. Elle les rouvrit aussitôt. *Les princesses n'embrassent pas des inconnus dans les écuries du palais, Gabi !*

Comme s'il se disait la même chose, il tendit la main, prit la sienne et, la portant à ses lèvres, lui fit un baisemain. Ce geste démodé la fit frissonner. Elle mourait d'envie de prendre l'initiative, de poser les mains sur son visage fier et sa bouche sur la sienne.

Mais elle ne pouvait pas. Elle ne *devait* pas. Parce qu'elle était la future reine de Casavalle.

— Au revoir, princesse.

— Au revoir.

La jeune femme le regarda entrer dans les écuries, une bride dans chaque main. Alors, elle réalisa qu'elle ne connaissait même pas son nom. Reverrait-elle un jour son mystérieux cavalier ?

Allons, Gabi, ne sois pas ridicule !

4.

Cesar marchait derrière ses parents, flanqué de ses frères aînés, de leurs épouses et de sa jeune sœur Flavia. Le front uni des Asturias entra dans la salle de bal magnifiquement décorée – lustres scintillants, immenses arbres illuminés, bouquets de fleurs accrochés aux piliers, couronnes aux murs… Les invités bavardaient par petits groupes en attendant la rencontre entre les deux familles, qui indiquerait au monde que l'alliance entre Casavalle et Aguilarez perdurait.

Flavia lui donna un coup de coude dans les côtes.

— J'ai de la peine pour la pauvre princesse Gabriella. Malgré nos sourires, nous devons avoir l'air d'une force d'invasion !

La culpabilité lui serra la gorge tandis qu'il se souvenait de l'angoisse exprimée par Gabriella à la perspective de rencontrer la famille royale d'Aguilarez. Il aurait dû lui dire qui il était, la rassurer. Mais une fois qu'il avait compris qu'elle n'avait aucune idée de son identité, il n'avait pas pu résister à l'opportunité d'en découvrir plus sur la jeune femme. S'il lui avait révélé la vérité, elle aurait été moins naturelle, moins spontanée. Maintenant au moins, il savait qu'il y avait une attirance réciproque entre eux, une base sur laquelle construire.

Il lui avait envoyé le matin même une lettre d'explications, pour qu'elle ne soit pas surprise en le rencontrant. Il se doutait qu'elle serait folle de rage, mais une future reine savait masquer ses émotions en public. Cesar avait bien conscience que rendre sa cible furieuse n'était pas le meilleur départ pour son « opération mariage », mais son plan était de profiter du bal pour lancer une offensive de charme.

Les dignitaires et les officiels étaient alignés de chaque côté du tapis bleu et or sur lequel ses parents avançaient vers les Valenti. Le regard de Cesar fut aimanté par Gabriella, qu'il trouva encore plus sublime que quelques heures plus tôt. Sa robe noire et blanche était somptueuse. La jupe et le corset étaient ornés de dentelle et de fleurs brodées entrelacées sur un tulle blanc. Les bretelles étaient faites de fleurs aux formes délicates qui mettaient en valeur la peau crémeuse de ses épaules. Ses cheveux châtains tombaient en vagues lâches autour de son visage angélique. Elle sourit au moment où la reine Maria lui présenta ses parents, mais Cesar pouvait percevoir la tension qui l'habitait. Elle fut ensuite présentée à ses frères et à leurs femmes, à Flavia, puis ce fut son tour.

Lorsqu'elle posa son admirable et profond regard brun sur lui, elle commença à le saluer presque mécaniquement, comme elle avait déjà salué des dizaines de personnalités depuis le début de la soirée.

— Bienvenue, Votre…

Elle s'interrompit net, les yeux écarquillés sous le choc. Cesar réalisa à cet instant que la lettre ne lui était pas parvenue. Ses pupilles se rétrécirent et il put voir la colère y poindre, tandis qu'un léger brouhaha de chuchotis s'élevait de la pièce.

— Que faites-vous i… ?

— C'est un honneur de vous rencontrer, Votre Altesse, la coupa Cesar en s'inclinant devant elle.

Il était contraire au protocole d'interrompre la future reine, mais c'était mieux que de la laisser continuer. Gabriella baissa le regard, puis le releva. Cesar put voir l'effort qu'elle faisait pour parler sans rien laisser paraître :

— Et… c'est un plaisir de vous voir ici. Je sais que vos fonctions d'ambassadeur sont prenantes et je suis très heureuse que vous ayez pu venir, en l'honneur de l'amitié durable entre nos deux pays.

Cesar espérait que les dégâts seraient limités, même s'il ne doutait pas que ce moment de confusion serait analysé, disséqué et rapporté aux magazines people du monde entier.

— Cesar, qu'est-ce que c'était ? grinça son père d'un ton glacial entre ses dents serrées. La princesse Gabriella n'avait pas l'air très heureuse de te voir.

— Je l'ignore, répondit-il en acceptant la coupe de champagne que lui proposait un serveur.

— Souviens-toi de ce qui a été décidé. Tu dois courtiser la princesse, pas la contrarier. Ce mariage est important et nous te faisons confiance pour agir dans l'intérêt de ton pays, comme ta mère et moi l'avons fait.

« Est-ce que cela t'a rendu heureux ? » faillit-il lui répliquer. Mais il ne pouvait pas poser une telle question. Ses parents ne la comprendraient tout simplement pas. Ils avaient fait leur devoir, le bonheur n'entrait pas en ligne de compte. Cesar refusait que ce soit aussi sa destinée. Son mariage serait peut-être sans amour, mais il ne le laisserait pas être aussi froid, insensible et dépourvu d'émotions que celui de ses parents. Il ne pourrait pas vivre ainsi, ou demander à quelqu'un d'autre de le faire. Pourtant, une fois la corde passée au cou, il n'y aurait pas d'échappatoire…

En attendant, son père avait raison, il n'avait pas le choix. Sa cour n'avait pas pris la meilleure des tournures, il devait donc regagner avec précaution le terrain perdu ; sous les yeux de tous les invités, qui épieraient ce soir chacun de leurs mouvements.

Gabriella se trouvait au milieu d'un petit groupe, avec la reine Maria et quelques dignitaires. Il s'approcha. La souveraine répondit à son regard de connivence et s'éloigna avec les personnalités, laissant Cesar seul avec la princesse – du moins aussi seuls qu'il était possible de l'être lors d'une telle réception. Ses yeux bruns brillaient de colère, néanmoins elle réussit à esquisser un sourire à peine voilé.

— J'espère que vous profitez de la soirée, prince Cesar. Et de ma déconfiture.

— Je tiens à vous présenter mes excuses. Je vous ai envoyé une lettre d'explications, mais il semble que vous ne l'ayez pas reçue.

— Une lettre ? Comme c'est gentil ! murmura-t-elle, sarcastique. Il ne vous est pas venu à l'esprit d'utiliser un moyen plus moderne, comme le téléphone ? Ou même de vous présenter en personne ?

Cesar les guida à l'abri d'un pilier.

— Je voulais rester discret, murmura-t-il. Et à présent, vous devez donner l'impression que cette conversation est agréable. Il faut donner le change après le couac des présentations officielles.

— Je ne suis pas une actrice.

— Alors vous devez apprendre. Rapidement.

— Pourquoi ne m'avez-vous pas dit qui vous étiez ? répliqua-t-elle, la voix pleine d'une rage contenue. Je suis si en colère et si mortifiée que je pourrais…

— Que vous pourriez quoi ? la coupa-t-il d'un ton dur. Ruiner tout ce pour quoi vous avez travaillé si dur ? Vous m'avez dit que ce bal était important. Pour vous et pour votre pays. Comme il l'est pour le mien. Si vous ne voulez pas tout gâcher, vous devez vous ressaisir. Si le public ou la presse croient que nous sommes en froid, cela aura des répercussions sur nos deux nations.

Cesar lut dans son regard qu'elle comprenait les implications politiques de la situation. Un semblant de sérénité éclaira son visage. Elle hocha la tête.

— Bien. Vous avez raison. Même si vous m'avez laissée me ridiculiser.

Il se sentit coupable : elle était déjà si inquiète à la perspective de ce bal ! Du bout de l'index, il lui releva le menton et se pencha légèrement pour qu'elle le regarde dans les yeux. Il décela dans ceux de la jeune femme de la douleur, et devinait les efforts qu'elle faisait pour la dissimuler.

— Non, Gabriella, vous ne vous êtes pas ridiculisée. Je vous le jure. À présent, souriez-moi et regardez-moi comme si je vous plaisais.

— Je vais essayer, soupira-t-elle.

Sa lassitude le toucha ; il comprenait à quel point c'était dur pour elle.

— Je vous ai plu hier. Je suis le même homme.

— Non ! Vous m'avez menti, trompée, dupée, quel que soit le terme que vous souhaitez utiliser !

— Je vous ai caché mon identité et je m'en excuse sincèrement. C'était une erreur. Mais tout ce que j'ai dit était vrai. Repensez à mes paroles : aucune n'était mensongère. Pas une seule. Je vous le jure.

Elle se mordillait la lèvre, l'air dubitatif. Avait-elle perçu la sincérité dans sa voix ? Depuis quelques minutes, il était tellement concentré sur sa volonté de la convaincre qu'il en avait oublié qu'ils n'étaient pas seuls. Il ressentit un soulagement à la hauteur de son angoisse lorsque Gabriella hocha finalement la tête et lui offrit un petit mais authentique sourire.

— Pour le bien de cette soirée, et pour l'homme que j'ai rencontré hier soir, je vous accorde le bénéfice du doute. Mais j'aurais aimé que cette lettre d'explications me parvienne.

— Je pourrais peut-être éclaircir les choses de vive voix. Et si nous remontions à cheval ensemble, demain ?

— J'ai des engagements toute la journée.

— À la fin de la journée, alors. Nous pourrions faire un pique-nique en guise de dîner. Laissez-moi m'occuper des détails. Retrouvez-moi simplement aux écuries.

Il savait pourquoi elle hésitait : elle n'était plus maîtresse de son destin et devait demander conseil avant de prendre ce genre de décision. Mais il savait aussi qu'il n'y aurait pas de problème, car la reine Maria avait donné son consentement à ce mariage – elle avait toutefois stipulé qu'elle ne forcerait pas Gabriella.

— Je vous confirmerai cela plus tard, déclara la princesse de Casavalle. Et maintenant, je dois me mêler à mes invités.

— Vous avez raison. Mais souvenez-vous que la première danse est pour moi.

Une brusque expression de panique marqua ses traits délicats. Sans réfléchir, Cesar lui saisit la main et la pressa.

— Je vous promets que ce sera une danse inoubliable, affirma-t-il. Je vous ai dit que je n'avais pas menti, et c'est le cas : quand j'ai prédit que le prince Cesar serait ébloui, c'était la vérité. Vous êtes magnifique et je suis vraiment ébloui.

Elle rougit, adorable.

— Oh… !

— Je vous le jure. S'il n'y avait pas tant de gens qui nous regardent, je vous le prouverais.

— Comment ? bredouilla-t-elle.

— Je vous embrasserais, annonça-t-il avec calme, tout sourire. Ou du moins je vous demanderais la permission de le faire.

La jeune femme ouvrit de grands yeux étonnés, puis deux fossettes malicieuses se creusèrent sur ses joues.

— Essayez, pour voir ! lança-t-elle.

Elle dut constater qu'elle l'avait déstabilisé, car un petit rire triomphant lui échappa. Gabriella lui tourna alors le dos et se fondit dans la foule.

Avait-elle vraiment dit au prince Cesar Asturias d'Aguilarez : « Essayez, pour voir » ? Avait-elle perdu la tête en même temps que le manuel royal de bonne conduite ?

Gabi résista à l'envie d'aller se cacher derrière un des grands arbres de Noël pour se donner une chance de se ressaisir et de comprendre ce qui venait de se passer. Mais c'était impossible : le navire royal devait continuer à naviguer sans tanguer. Il lui fallait donc surmonter son trouble et, d'une manière ou d'une autre, maîtriser le tumulte qui agitait son cerveau et son corps.

Son bel inconnu de la veille n'était pas un palefrenier mais le prince Cesar… Elle aurait dû être furieuse, mais cette émotion s'était estompée quand elle avait lu la sincérité au fond de ses yeux bruns au moment où il s'excusait. La lueur d'admiration dans son regard n'avait pas non plus été feinte. À l'en croire, elle l'avait « ébloui ». Elle n'avait pas eu besoin de plus pour fondre et flirter avec lui. Seigneur ! Elle avait presque promis de l'embrasser ! Était-elle à ce point une femme facile ?

Assez ! Règle royale numéro un : ne montrer aucune émotion. Gabi bannit le prince Cesar de son esprit et se concentra sur son devoir : faire bonne impression, donner l'illusion à tous ces gens qu'elle avait les capacités pour régner. Faire fi du poids écrasant des responsabilités, de la peur de tout gâcher. Oublier qu'elle portait pour la première fois de sa vie une robe de bal, la splendeur et le faste du décorum. La reine Maria s'approchait d'elle avec quelqu'un à ses côtés. Elle fit appel au « sourire royal », celui qu'elle avait pratiqué devant le miroir jusqu'à ce que ses joues lui fassent mal.

Une heure durant, elle salua des inconnus, bavarda avec certains, s'efforça de faire bonne figure.

— Ça va ? lança soudain une voix derrière elle.

Gabi se retourna. Luca ! Elle sourit à son frère aîné, soulagée. Lui au moins comprenait la situation.

— Oui. Juste un peu dépassée, peut-être…

— Tu te débrouilles bien.

— Je donne le change.

Il secoua la tête.

— Il ne s'agit pas de paraître ou de jouer un rôle. Tu es une princesse, Gabi, et tu seras reine de Casavalle.

— C'est ce que Cesar dit.

Gabi regretta d'avoir parlé aussi vite quand elle vit Luca plisser les yeux et scruter son visage.

— On dirait que vous avez rapidement fait connaissance...

Gabi repoussa l'envie de se confier – les relations entre les Valenti et les Asturias étaient déjà bien assez compliquées, elle n'avait pas besoin de mêler Luca à son histoire avec Cesar.

— Oui.

— Eh bien, il a raison : tu vas y arriver, n'aie aucun doute à ce sujet.

— Merci.

— Maintenant tu as une famille pour te soutenir. À ce sujet, construisons à partir des fondations que tu as bâties avec le prince Cesar !

Gabi acquiesça. Elle comprenait l'importance de cette démarche en public. Luca lui avait raconté que, quelques mois plus tôt, Cesar et lui étaient allés voir Meribel, et qu'ils avaient tous fait la paix. Mais il s'agissait d'une réunion privée. Il était primordial de montrer à tous les invités qu'aucune famille n'était rancunière, que les deux maisons royales étaient amies.

Imogen se dirigeait vers eux. Son amie d'enfance, ici avec elle, fiancée à son demi-frère, c'était fou ! Pendant un instant, en la voyant si radieuse, Gabi se demanda si elle aussi aurait un jour ce que Luca et Imogen partageaient. Pourrait-elle trouver l'amour, la certitude que quelqu'un l'aimait pour elle-même ?

— Allons-y ! lança Luca.

Ils se frayèrent un chemin ensemble au milieu des robes de créateurs et des smokings. En traversant ainsi la foule, Gabriella se sentait plus légère, elle se réjouissait de faire partie d'une famille. Sa respiration se bloqua en voyant Cesar parler avec la reine Maria. Elle n'y avait pas prêté attention une heure plus tôt, mais le smoking du prince d'Aguilarez mettait en valeur ses épaules puissantes et son corps athlétique. Dieu qu'il était beau !

Au moment où elle se faisait cette réflexion, les yeux bruns de ce dernier rencontrèrent les siens. Elle y vit une lueur qui alluma aussitôt un brasier au creux de sa féminité. Quelle folie de l'avoir défié de l'embrasser ! Cesar n'était pas un homme avec lequel on pouvait flirter impunément ; c'était comme jouer avec le feu…

La voix de Luca tira Gabi de son état hypnotique :

— Cesar ! C'est bon de te revoir.

Les deux hommes se donnèrent une franche accolade. Gabi était consciente qu'autour d'eux le volume des conversations avait baissé et que les regards étaient tournés vers leur petit groupe. Luca présenta Imogen à Cesar. Celui-ci lui prit les mains et les serra dans les siennes.

— C'est un plaisir de vous rencontrer, Imogen. De la part de ma famille et de moi-même, je vous présente mes sincères félicitations et vous souhaite à tous deux beaucoup de bonheur.

— Merci, répondit Imogen d'une voix claire. J'apprécie vraiment. Et dites à Meribel que nous lui souhaitons autant de bonheur que nous en avons trouvé.

— Je n'y manquerai pas.

À ce moment-là, l'orchestre se mit à jouer. Le sourire de Cesar s'élargit et il se tourna vers Gabi.

— Ma danse, je crois.

Elle se sentit devenir livide. Était-elle vraiment sur le point d'ouvrir le bal donné en son honneur dans le palais royal de Casavalle ? C'était plus que de la folie !

— Il n'y a pas de raison d'être nerveuse, prononça doucement Cesar en lui prenant la main.

Ils s'approchèrent de la piste de danse.

— Il y a toutes les raisons du monde, au contraire,

chuchota-t-elle sans cesser de sourire aux invités qui s'écartaient sur leur passage. Je vous l'ai dit hier soir, la danse n'est pas mon fort.

— Je suis nul aussi, affirma-t-il d'un ton sérieux, mais ses yeux malicieux disaient le contraire. Si nous nous ridiculisons, ce sera ensemble.

Gabi lâcha un petit rire. Cesar avait réussi à la détendre. Alors que l'orchestre commençait à jouer, elle inspira profondément.

— Très bien. Je peux le faire.

— *Nous* pouvons le faire.

Et il l'entraîna sur la piste…

Gabi essayait de se concentrer sur ses mouvements, mais c'était difficile quand Cesar était si proche, qu'elle percevait la dureté de ses muscles, que la sensation de son bras autour de sa taille était si sensuelle tandis qu'il la guidait avec douceur et adresse. Elle frissonna et retint un gémissement. Tout ce qu'elle voulait, c'était être encore plus proche. Au diable les pas et les mouvements, elle se laissait complètement aller, grisée par leur couple qui tournoyait. Le décor, les invités, le bruit : tout s'était évanoui pour ne laisser qu'eux deux. Gabi ferma les yeux. C'était divin.

Lorsque le morceau se termina, elle eut l'impression de sortir d'un rêve. Elle cligna des paupières et prit conscience que, si d'autres couples étaient à présent sur la piste, c'était le leur qui avait capté toute l'attention. Pourvu qu'elle n'ait rien fait de ridicule, comme baver sur le magnifique smoking de son cavalier ou déchirer sa veste avec ses ongles ! Avec toute la dignité dont elle était capable, elle esquissa un sourire qu'elle espérait détendu et amical.

— Merci, Cesar. Vous m'avez merveilleusement guidée.

Son regard lui fit l'effet d'une caresse lorsqu'il lui proposa de prendre un verre avec lui.

— Vous allez devoir parler et danser avec beaucoup de gens durant ce bal. Je n'ai pas le droit de vous accaparer, même si j'en ai l'envie. Si nous n'avons pas l'occasion de nous reparler, j'espère donc vous voir demain soir…

La gorge sèche, excitée comme jamais, Gabi put seulement hocher la tête. Cesar était encore là, mais il lui manquait déjà. Vivement le lendemain !

5.

La grande salle de réception s'était vidée de ses invités, désormais. Gabi enleva ses hauts talons et poussa un soupir de soulagement.

— Pas encore, Gabriella, fit la voix de la reine Maria derrière elle, douce mais implacable. Tu ne peux pas prendre le risque que quelqu'un entre et te trouve pieds nus.

Elle renfila ses magnifiques escarpins. Comment avait-elle pu croire que le protocole royal autorisait l'exposition des pieds de la reine ? Maria posa une main bienveillante sur son bras.

— Merci. Tu as bien tenu ton rang, ce soir.

Gabi n'en était pas si sûre, mais tout compliment venant de la reine douairière était bon à prendre. Durant le dîner, elle avait parlé avec les parents de Cesar. Elle avait eu l'impression qu'ils la jugeaient sans cesse, et que leurs sourires n'étaient que de façade ; comme s'ils voyaient la princesse, mais pas la personne. À leur décharge, c'était vrai pour tout le monde. Sauf Cesar. Lui l'avait traitée comme un être humain.

— Le prince Cesar m'a proposé un rendez-vous demain soir. Je ne sais pas si…

— Tu en as envie ?

À son grand désarroi, Gabi rougit.

— Je ne suis pas sûre, se contenta-t-elle de dire.

Ce n'était rien d'autre que la vérité. Elle aurait voulu savoir pourquoi il n'avait pas révélé son identité, la nuit précédente. Mais elle avait peur de la manière dont sa simple présence embrasait ses sens. Pourtant, Cesar Asturias n'était pas son type d'homme, et il avait sans doute flirté avec elle par habitude. Il était déjà sorti avec beaucoup de femmes, toutes bien plus belles qu'elle, Gabi en était sûre.

Tu veux qu'il t'embrasse, murmura une petite voix insidieuse au fond de son esprit.

— Il n'y a pas de mal à le rencontrer, affirma sa belle-mère. Cela montrerait que les deux maisons royales ne sont pas fâchées et que la famille Asturias accepte ta nouvelle position. Mais fais-le uniquement si tu en as envie.

— Je... Je pense que je vais y aller, bafouilla Gabi, gênée.

Après tout, cela lui permettrait de monter Arya à nouveau. La reine hocha la tête.

— Maintenant, tu devrais te reposer. La journée de demain sera chargée. Tu t'es vraiment bien débrouillée ce soir.

— Merci.

Gabi savait que les éloges n'étaient pas toujours faciles pour sa belle-mère, très exigeante avec ses propres fils – et maintenant avec elle. Mais elle savait aussi qu'elle devait beaucoup à la reine Maria. Celle-ci n'avait montré aucun ressentiment envers elle, alors qu'elle s'apprêtait à monter sur le trône à la place de Luca. Au contraire, Maria avait fait tout son possible pour l'aider, la guider et la conseiller. Sur un coup de tête, Gabi se rapprocha d'elle et la serra dans ses bras.

— Et merci pour la façon dont vous m'avez accueillie à Casavalle.

Pendant une seconde, la reine resta figée, puis elle se détendit et tapota le dos de Gabi avant de s'écarter.

— Ce fut un plaisir pour moi. Je sais que Luca et Antonio t'ont adoptée. Et que ton père aurait été fier de toi.

Ces mots firent monter une boule dans la gorge de Gabi. Si seulement elle avait trouvé les lettres de sa mère plus tôt, elle aurait pu rencontrer son père. Elle songea à la deuxième lettre, celle dont elle n'avait parlé à personne. Sophia y expliquait qu'elle avait voulu retourner à Casavalle. Après la naissance de Gabriella, elle avait compris qu'elle avait eu tort de fuir, qu'elle aimait son mari et voulait revenir sur sa demande de divorce. Mais elle avait découvert que le roi Vincenzo avait commencé à fréquenter quelqu'un d'autre, une femme convenable qui serait, selon ses propres termes : « Celle que je ne pourrai jamais être, celle dont Vincenzo a besoin… » Sa mère avait donc décidé qu'il serait mieux pour tout le monde qu'elle demeure Sophia Ross et reste au Canada.

Gabriella se jura à nouveau de ne jamais révéler l'existence de cette lettre ; cela blesserait Maria et la conduirait à se poser des questions sur son mariage. Elle savait aussi que, si les journaux mettaient la main sur cette information, ils la diffuseraient sans se soucier des personnes auxquelles ils pourraient faire du mal.

— Merci, répéta-t-elle simplement. J'aurais tellement aimé le rencontrer.

Sachant que la reine serait mal à l'aise si elle voyait les larmes qui perlaient à ses yeux, Gabi prit congé en souriant et quitta la salle de réception. Elle espérait que son état d'épuisement lui permettrait de tomber dans un sommeil sans rêves, sans le prince Cesar d'Aguilarez.

Le soleil se couchait lorsque Cesar traversa la cour pavée jusqu'aux écuries du palais. Il fit un signe de tête au palefrenier, qui était déjà en train de seller Arya. Il caressa la tête du cheval puis ouvrit la stalle de Ferron.

— Je vais le seller, annonça-t-il.

Quelques minutes plus tard, il conduisit les montures dans la cour. Il vit Gabi venir à sa rencontre, vêtue d'un jean et d'une courte veste matelassée bleu marine. Elle en avait remonté la capuche en fourrure, d'où s'échappaient quelques mèches châtaines. Et elle était aussi belle que dans sa robe de bal. Ses yeux brillaient d'une lueur guerrière malgré le sourire qu'elle arborait. Elle s'approcha d'Arya et lui tapota le cou.

— Bonsoir, lui lança Cesar.

— Salut.

— Je me suis arrangé pour qu'un pique-nique nous soit apporté dans le labyrinthe végétal. J'ai pensé que vous aimeriez le voir décoré pour Noël.

Elle enfourcha sa monture avec grâce, se pencha en avant pour lui flatter l'encolure et lui murmurer quelques mots à l'oreille, puis répondit :

— Bonne idée.

Alors que leurs chevaux trottaient côte à côte, Cesar jeta un coup d'œil vers Gabriella, essayant de déchiffrer son expression. Elle paraissait perdue dans ses pensées, alors il laissa le silence les envelopper. Il pressentait qu'elle se délectait des sons du soir, de l'air froid, vivifiant et crépusculaire, du souffle des pur-sang, du rouge orangé du soleil couchant. Oui, elle semblait apprécier ces instants de calme après l'agitation du bal, la veille, et ses obligations de la journée.

Les paroles de son père lui revinrent en mémoire : « Fais-la tomber sous ton charme, Cesar. Joue de tes célèbres qualités de séducteur. » La reine Adriana avait abondé dans le sens de son mari : « Gabriella n'est pas comme nous. Elle sera sensible aux émotions triviales. »

La colère avait alors bouillonné en lui. Cesar se méfiait des émotions, mais il ne les jugeait pas triviales. Et pas question pour lui de mentir à Gabriella : il jugeait déshonorant de la piéger pour qu'elle tombe amoureuse de lui en feignant des sentiments qu'il ne ressentait pas. Contrairement à ses parents, il ne croyait pas que la fin justifiait les moyens ; pas dans ce cas-là, du moins. D'autant que l'illusion, impossible à maintenir bien longtemps, risquerait d'entraîner des conséquences désastreuses sur leur union.

Cesar avait l'intention d'atteindre son but d'une manière différente. Cependant, il allait bien utiliser le charme. Il avait pris conscience dès son enfance que cette stratégie donnait des résultats. Il pouvait encore sentir la déchirure qu'il avait ressentie dans ses tripes lorsque sa première nounou était partie pour fonder une famille. *Plus jamais une telle souffrance !* s'était-il dit. Il avait alors compris qu'il ne fallait pas s'attacher car, pour une nounou, s'occuper de lui était un métier ; et réalisé que, pour qu'elles s'occupent bien de lui, il fallait les séduire. Souriez, et le monde vous sourit. Le cliché fonctionnait, même quand les sourires étaient fabriqués.

Peut-être était-il temps de s'y mettre, de commencer l'offensive de charme…

— Vous avez apprécié la soirée d'hier ? demanda-t-il en se tournant vers sa compagne.

— Il y a eu de bons moments. Mais honnêtement, dans l'ensemble, je me suis sentie dépassée et complètement épuisée, avoua-t-elle en secouant la tête. Les choses qui se font sans effort pour vous ou Luca représentent un combat pour moi. Je n'ai pas l'habitude d'être le centre de l'attention et je déteste ça. L'idée que tout le monde me regarde me rend nerveuse.

— Vous devrez vous y habituer.

— Je sais.

Le voile de tristesse sur son visage indiquait que cette perspective ne la remplissait pas de joie.

— Je suis sûre que ça devient plus facile avec le temps. Mais il n'y a pas que ces projecteurs braqués sur moi, il y a aussi la curiosité dont je suis l'objet. Je lis des choses à mon sujet qui sont soit malveillantes, soit fausses, soit sorties de leur contexte, soit sans intérêt. Comment croire que la façon dont j'aime manger les œufs au petit déjeuner peut intéresser les gens ?

— Vous devrez aussi vivre avec ça. Vous apprendrez à ignorer ce qui est blessant et stupide. Vous créerez des liens avec certains journalistes bien intentionnés et apprendrez à les utiliser à votre avantage.

Dans ces situations aussi, le charme pouvait se révéler fort utile, songea Cesar.

— J'espère que vous avez raison. Mais nous ne sommes

pas là pour parler de ça, poursuivit Gabriella, sourcils froncés. Pourquoi diable ne m'avez-vous pas dit qui vous étiez ?

— C'est compliqué…

— J'aimerais quand même savoir.

Il prit une profonde inspiration.

— Quand je suis entré dans l'écurie, j'étais énervé, contrarié…

— Pourquoi ?

En partie parce qu'il commençait à sentir à son pied le poids du boulet, mais il ne partagerait pas ce sentiment avec Gabriella. Ce serait inutile, puisqu'il avait accepté la nécessité de cette union.

— Parce que je n'ai pas été consulté au sujet du don de Ferron et d'Arya, déclara-t-il – ce qui était la pure vérité. Ferron a toujours été l'un de mes chevaux préférés.

— Je vous le rendrai avec plaisir, si vous voulez.

— C'est hors de question, voyons !

— Alors, sachez que vous pourrez le monter quand vous le voudrez. Mais vous ne m'avez toujours pas expliqué pourquoi vous ne m'avez pas dit qui vous étiez.

— Eh bien, j'ai perdu la tête dès que je vous ai vue, si belle, allongée dans la paille.

— Cesar ! s'exclama-t-elle d'un air mi-amusé, mi-excédé. Je ne vous demande pas de belles paroles de séducteur, mais la vérité.

— Pour commencer, je pensais que vous me reconnaîtriez, que vous aviez étudié la famille Asturias et ses membres, avant la grande réconciliation entre nos deux maisons et le bal.

— Je l'ai fait, soupira-t-elle. Mais…

— … Je ne vous ai pas marquée, termina-t-il à sa place en feignant d'être triste, la main sur le cœur comme s'il souffrait le martyre.

Gabriella sourit, ce qui envoya une giclée brûlante de plaisir dans les veines de Cesar. Décidément, cette femme lui faisait un effet fou !

— À ma décharge, il faisait sombre, je me sentais stupide d'avoir été surprise à me cacher dans la paille, et jamais je n'aurais imaginé rencontrer en pleine nuit le prince Cesar d'Aguilarez dans les écuries. C'est un endroit un peu sale pour un play-boy sophistiqué, non ? conclut-elle avec malice.

Elle tira légèrement sur les rênes et murmura à Arya de s'arrêter. Cesar en fit de même avec Ferron.

— Bon, vous ne voulez pas me répondre ?

Il respira profondément et choisit ses mots avec soin :

— Je voulais voir comment vous étiez. Comment vous étiez *vraiment*. Qui était la vraie Gabriella.

Et il avait découvert une femme qui avait admis ses doutes et ses craintes, une femme qui lui avait offert sa confiance, une femme qu'il avait prise dans ses bras et avait désespérément voulu embrasser.

— Si je vous avais dit qui j'étais, reprit Cesar, vous auriez été beaucoup plus coincée et protocolaire. Nous aurions parlé de la situation entre nos deux familles, de politique et de diplomatie. Je ne voulais pas de cela. Je voulais apprendre à vous connaître sans tout ce tralala.

Elle secoua la tête, l'air perplexe.

— Mais… Pourquoi ?

Cesar ferma brièvement les yeux. C'était la question à un million de dollars. Et il n'avait pas l'intention d'y répondre ; pas tout de suite, du moins.

Gabi avait été tellement absorbée par sa conversation avec Cesar qu'elle avait perdu la notion du temps. Elle réalisa qu'ils étaient tout près du labyrinthe végétal, une création complexe, incroyable, faite de haies de buis âgées de plusieurs siècles.

Elle en resta bouche bée, stupéfaite, émerveillée. Le labyrinthe était paré de ses décorations de Noël : guirlandes de lumières scintillantes disséminées dans les branches, lanternes colorées, c'était magique !

— C'est magnifique. On se croirait en hiver au pays des merveilles !

Ils laissèrent les chevaux. Cesar s'était arrangé pour que quelqu'un les ramène aux écuries. Cela la touchait beaucoup qu'il ait pris le temps d'organiser tout ça pour elle.

— Merci d'avoir mis tout cela sur pied.

— Je voulais m'excuser de vous avoir trompée dans les écuries et mise dans l'embarras hier soir. On y va ? reprit Cesar en faisant un geste vers le labyrinthe illuminé. J'ai appris le chemin jusqu'au centre, j'espère que je m'en souviendrai… Remarquez, ça peut être amusant de se perdre, si vous préférez.

— Je connais aussi le chemin, déclara Gabi. Luca et moi avons fait une séance photo ici. Nous amuser à trouver la sortie tout seuls nous a soudés.

Ils pénétrèrent dans le labyrinthe. Avec ses angles droits, ses sinuosités, ses allées, l'endroit était fascinant. Dans les angles étaient disposées des sculptures en bois autour du thème de Noël – elfes, rennes, sapins, etc. Gabi était subjuguée.

— J'étais tellement accaparée par mon bal de présentation que j'en avais presque oublié Noël, expliqua-t-elle à Cesar. Pourtant, j'adore cette période. Au palais, c'est le personnel qui installe les décorations. Je préfère le faire moi-même, comme dans ma librairie.

— Je suppose que c'est très différent de vos Noëls habituels.

— Oui.

Gabi resta silencieuse un moment avant de reprendre :

— Quand j'étais enfant, Noël était plutôt calme, mais ça allait. Oncle Peter s'occupait de ramener et installer le sapin, puis tante Bea et moi le décorions. On échangeait quelques cadeaux. Après le repas, nous allions nous promener.

Ces souvenirs étaient précieux, ceux de moments où elle avait senti un lien entre elle et ses parents adoptifs. Un lien ténu, mais réel. Elle ne demandait jamais de cadeaux inutiles, seulement des objets indispensables : une nouvelle paire de chaussures pour l'école, une paire de gants parce que les anciens étaient usés… Durant la période de Noël, elle était presque proche d'eux, elle qui se sentait habituellement plus tolérée que désirée. À huit ans, elle avait compris pourquoi en surprenant une conversation entre Bea et l'une de ses amies. Sa tante expliquait que son mari et elle n'avaient jamais voulu d'enfant et comptaient passer leur retraite à sillonner l'Europe avant de s'établir en Espagne pour finir leurs jours. L'irruption de Gabriella dans leur existence avait réduit à néant leurs projets. « Parfois, je ne peux m'empêcher d'imaginer combien la vie aurait pu être différente », avait conclu sa tante. Ces mots la hantaient depuis des années, et la culpabilité la tourmenterait à jamais. Elle s'était juré d'économiser suffisamment pour qu'un jour ils puissent voyager, mais Bea et Peter étaient décédés avant que cela ne soit possible.

Gabi chassa ces pensées parasites et revint au présent.

— Désolée, je me suis un peu perdue dans le passé. Je parie que vos Noëls étaient plus bruyants que les miens, avec une fratrie de cinq frères et sœurs.

— Le bruit était interdit dans le palais royal.

— Que faisiez-vous, ce jour-là ?

— Nous allions à l'église, puis nous ouvrions les présents envoyés au palais, souvent par d'autres chefs d'État. Nous ne nous en faisions pas en famille, car nous en recevions beaucoup de l'extérieur. Nous devions écrire des lettres de remerciements individuelles. Mes parents pensaient que cela devait être fait à la main et le jour même.

— Au moins, vous avez eu plein de cadeaux.

— Nous n'étions pas autorisés à les garder. Ils étaient donnés à une association caritative.

— Mais c'est cruel de faire cela à un enfant ! Vous n'aviez donc aucun présent ?

Cesar haussa les épaules.

— Je suppose que mes parents considéraient que nous étions chanceux et privilégiés de faire partie de la famille royale, donc que nous n'avions pas besoin de cadeaux. Noël était davantage considéré comme une occasion de donner au peuple.

Il énonçait cela factuellement, sans se plaindre, sans colère ni frustration. Certes il était prince, mais un enfant reste un enfant, et le petit Cesar n'avait jamais connu la magie de Noël, tout simplement parce que l'esprit de Noël n'avait pas cours dans sa famille.

— Et vous ? demanda-t-il. Comment passez-vous les fêtes, maintenant ?

— Je garde la librairie ouverte pour que les gens viennent partager à manger et un peu de compagnie. Il y a tellement de personnes seules ! Et quoi de pire qu'être seul à Noël ? Je prépare des sandwichs à la dinde, de la tourtière – une sorte de pâté de viande, spécialité québécoise –, une bûche glacée, des biscuits et du vin chaud. Chacun vient quand il veut. J'adore ça ! Enfin, *j'adorais…*

Le mal du pays et la nostalgie la menaçaient. Gabi cligna rapidement des yeux en se répétant que les princesses ne montraient pas leurs émotions. Heureusement, ils arrivaient au centre du labyrinthe végétal. Et là, malgré ses bonnes résolutions, elle ne put masquer sa stupéfaction :

— Oh ! mon Dieu !

Le cœur du labyrinthe avait été transformé en une grotte féerique, au fond de laquelle trônait une magnifique et émouvante crèche en bois sculpté.

Une table avait été dressée, recouverte d'une nappe damassée brodée, avec des couverts rutilants et des serviettes amidonnées. Des parasols chauffants avaient été installés pour combattre le froid hivernal, et des spots soigneusement disséminés diffusaient une lumière dorée. Des plats plus appétissants les uns que les autres étaient posés sur la table et les odeurs de nourriture mettaient l'eau à la bouche de Gabi.

— C'est ce que vous appelez un pique-nique ?

— Un pique-nique façon Cesar Asturias, répondit-il en riant.

— Impressionnant ! C'est magnifique.

Sans lui demander son avis, le cœur de la jeune femme avait commencé à battre la chamade : un prince superbe et sexy capable de lui faire une telle surprise… Waouh !

Calme-toi, Gabi, se tempéra-t-elle. *Tu es peut-être presque reine, mais tu es toujours Gabriella Ross, une intello maladroite. Pas du tout son type de femme. C'est un geste politique, rien de plus.*

Cesar était un homme formé à la diplomatie, un homme dont chaque mot et chaque action étaient sans doute dictés par des visées politiques.

Il tira une chaise pour elle, et Gabi s'assit. Il prit place en face d'elle après leur avoir rempli deux flûtes de champagne. Elle leva la sienne et porta un toast :

— Aux réponses ! D'ailleurs, j'en attends d'autres. À quoi rime tout ceci ? Et pourquoi était-il si important de se faire une idée du « vrai » moi, la nuit où nous nous sommes rencontrés ?

Cesar lui servit un peu de la salade de pâtes parsemée d'olives, de câpres et de cubes d'un fromage local acidulé, puis il dévisagea Gabi, ses yeux sombres pensifs, l'expression neutre. Le seul signe de tension était la crispation de sa mâchoire.

— Je suis canadienne autant que casavallienne, lui rappela-t-elle. Au Canada, on se parle franchement. Vous n'avez pas besoin d'être diplomate. Je préfère que vous alliez droit au but.

— Très bien, finit-il par lâcher avec un haussement d'épaules. Je voulais voir s'il y avait une compatibilité entre nous. Parce que je crois que nous devrions envisager un mariage.

— Le mariage de qui ?

La stupidité de sa question lui apparut au moment même

où elle la posait. Pourtant, il n'avait pas pu vouloir dire *leur* mariage…

— Vous et moi ? bégaya-t-elle, estomaquée. Vous pensez que *nous* devrions nous marier ?

La panique monta en elle. Gabi repoussa sa chaise ; sa fourchette tomba sur l'assiette en porcelaine.

— Une valse, une gorgée de champagne, et vous me demandez en mariage ?

Cesar se leva.

— Ce n'est pas une demande en mariage, c'est une idée dont nous devrions discuter. Une possible option future.

— Cela ressemble furieusement à la définition d'une proposition. Je n'ai pas besoin d'en discuter, j'ai besoin de partir. Maintenant, déclara-t-elle en se levant à son tour.

Gabi se demanda brièvement si elle réagissait de façon excessive, mais il lui semblait que non.

Cesar inspira profondément.

— S'il vous plaît, restez. Dites-moi pourquoi vous ne voulez pas y réfléchir.

Pourquoi ? Il y avait tellement de raisons, toutes incroyablement évidentes pour elle.

— Pourquoi y réfléchirais-je ?

— Pour Casavalle. Pour Aguilarez. Pour nos pays.

La simplicité de ces mots résonna au cœur du labyrinthe, au milieu des hautes haies qui le délimitaient. Gabriella combattit l'envie de se retourner et de fuir. Sa vie ne lui appartenait plus ; désormais, elle appartenait à son royaume.

— Vous connaissez l'histoire des relations entre nos deux pays, poursuivit-il.

— Oui. Je sais que, dans le passé, l'inimitié était profonde et a eu des conséquences sanglantes. Mais la paix règne depuis plus de deux siècles.

Ce qui signifiait qu'un mariage n'était pas nécessaire, diplomatiquement parlant.

— Pourtant, la situation reste précaire. Nombreux sont

ceux qui pensent encore qu'il est insensé pour une petite île d'abriter deux royaumes, deux familles royales. D'autres estiment que la royauté devrait être remplacée par la démocratie. À l'heure actuelle, même les royalistes sont mécontents. Beaucoup à Casavalle considèrent que ma sœur Meribel a insulté la maison Valenti ; quand, dans mon pays, on est d'avis que c'est Luca qui aurait dû faire marche arrière.

— Et il y a aussi ceux qui jugent que je suis une usurpatrice, que Luca est le roi légitime, coupa Gabriella. Peut-être ai-je fait une erreur. Peut-être que je devrais me retirer, pour permettre à Luca de vivre le destin pour lequel il a été préparé.

Cesar secoua la tête.

— Vous ne pouvez pas faire cela, Gabriella. Vous êtes l'héritière légitime, l'aînée des enfants du roi Vincenzo.

— Je sais. J'ai ressassé tout ça dans ma tête tellement de fois ! Luca, Antonio et la reine Maria pensent tous que je devrais accepter de monter sur le trône.

— Je suis d'accord avec eux. Nos deux nations doivent se retrouver sur une position commune, la plus légitime, la plus juste. Notre mariage incarnerait cette union.

— Je suis sûre que la paix tout comme nos royaumes survivront sans notre mariage, affirma-t-elle, les doigts crispés sur le dossier de sa chaise.

— Bien sûr qu'ils survivraient, acquiesça-t-il d'une voix chaleureuse. Je vous en prie, asseyez-vous. Laissez-moi vous expliquer. Je n'essaie pas de vous forcer à faire quoi que ce soit. Je ne le souhaite pas. Mais je crois que c'est une idée qui profiterait à nos deux pays.

Une insidieuse pointe de déception lui vrilla le cœur. Elle avait pensé que… Pensé quoi ? Que Cesar l'aimait, était attiré par elle, s'intéressait à elle ? Ce dernier point au moins était vrai, mais pas pour les raisons qu'une part d'elle-même avait naïvement imaginées. Elle allait devenir reine, elle devait donc se montrer réaliste. Cesar Asturias avait eu des aventures avec de nombreuses femmes, toutes belles et sophistiquées. Jamais il ne se serait intéressé à elle si la couronne de Casavalle ne lui avait pas été promise.

Toutefois, il avait eu la courtoisie d'être honnête ; la politesse exigeait qu'elle l'écoute. Ensuite, elle pourrait lui dire d'aller se faire voir. Alors, elle s'assit au bord de sa chaise.

— Très bien. Expliquez-moi.

6.

Grâce à ses années passées à pratiquer la diplomatie pour son pays, Cesar réussit à ne pas laisser transparaître son soulagement ni qu'il était ébranlé. Cela ne se passait pas du tout comme prévu. Peut-être que son insistance pour que la reine Maria n'interfère pas, ne prépare pas le terrain, avait été une erreur, mais il était convaincu que cette histoire devait rester entre Gabriella et lui. La décision de la princesse de Casavalle ne devait pas être influencée par sa famille.

— Tout d'abord, je suis désolé : je pensais que, puisque Luca était destiné à épouser Meribel, vous aviez peut-être envisagé une alliance par le mariage entre nos pays.

— Vu comment se sont terminées ces fiançailles arrangées, il n'est pas surprenant que je ne l'aie pas fait, rétorqua-t-elle. Si cette union n'avait jamais été envisagée, cela aurait été beaucoup plus facile pour tout le monde.

Cesar devait bien admettre qu'elle marquait un point.

— Le plus facile n'est pas toujours la meilleure solution.

— Pensez-vous qu'ils auraient dû aller jusqu'au bout et se marier ? demanda Gabriella.

— Non. Je ne le pense pas. Mais je crois que Meribel aurait dû éviter de se laisser entraîner dans cette situation catastrophique.

— Si elle est tombée amoureuse, comment aurait-elle pu l'empêcher ?

— Elle aurait dû fermer la porte dès qu'elle a ressenti

quelque chose pour Dana. Les gens ne tombent pas amoureux en un instant.

Il se souvint des larmes de sa sœur lorsqu'elle avait parlé à Luca, confié sa honte et sa culpabilité pour la façon dont elle l'avait traité. Mais quand Meribel avait évoqué le père de son bébé, son visage avait rayonné de conviction et de certitude. Cesar avait alors compris que sa sœur était amoureuse et que cet amour l'avait changée.

— Si, ce genre de chose peut arriver en un instant. Cela porte même un nom : le coup de foudre. Et regardez Luca et Imogen : ils ne *voulaient pas* tomber amoureux. Antonio et Tia non plus. Mais cela ne se contrôle pas, Cesar. Mon frère et Tia se marient bientôt, leur bébé est attendu dans quelques mois et…

— Et je leur souhaite tout le bonheur possible, coupa-t-il d'un ton sec.

— Mais… ? lança-t-elle d'un ton de défi.

Mais la quête du bonheur de Meribel, Luca et Antonio l'obligeait à prendre ses responsabilités, à se sacrifier par devoir et à se rendre devant l'autel à marche forcée. Même s'il ne croyait pas en l'amour, Cesar ne leur en voulait pas ; il était fataliste. Il devait juste tirer le meilleur parti possible de la situation.

— Mais je ne crois pas que ce soit la seule façon de trouver le bonheur, répondit-il. Surtout pour des têtes couronnées. Nous ne menons pas des vies ordinaires. Nous avons des obligations, des responsabilités. Je ne pense pas que l'amour puisse surmonter tous les obstacles, résister à l'exposition publique, à la pression politique, aux paparazzis, au protocole.

Une ombre traversa le regard de Gabriella. Cesar comprit que ses mots lui avaient rappelé la fuite de sa mère, Sophia Ross.

— Je suis désolé de vous faire souffrir, mais…

— Mais l'amour de mes parents n'a pas survécu, termina-t-elle à sa place, la voix blanche. Ma mère a fui cette pression.

— Oui, dit-il simplement. Je ne la blâme pas. Je comprends combien cela a dû être difficile pour elle à la cour, où les émotions devaient être étouffées et masquées. Je ne la juge pas, cependant je pense qu'il est raisonnable d'apprendre de l'histoire de vos parents. Parfois, le chemin du bonheur ne passe pas par l'amour.

— Donc, vous ne voulez pas m'épouser pour trouver le bonheur, dit-elle doucement, mais pour forger une alliance entre nos pays.

— Oui. Pourtant, je crois que cela pourrait être une union heureuse.

— Pourquoi ? Comment ?

Cesar lui sourit. Il voulait faire disparaître son froncement de sourcils, chasser les souvenirs qui assombrissaient l'éclat de ses beaux yeux bruns.

— Eh bien, pour commencer, je suis bien connu pour mon charme, mon esprit et mon intelligence, attaqua-t-il avec malice. Je suis ce que l'on appelle une belle prise.

Le regard surpris de Gabriella rencontra le sien. Son sourire s'élargit et il lui fit un clin d'œil.

— Vous avez oublié une qualité, dit-elle en souriant à son tour.

— Laquelle ?

— Votre attachant sens de la modestie.

Cesar rit de bon cœur.

— Si je ne crois pas en moi, qui le fera ?

Il s'approcha d'elle et prit ses mains dans les siennes. Un frisson le parcourut : elle avait la peau si douce !

— Plus sérieusement, reprit-il, je crois que nous pourrions nous en sortir. Je pense que nous avons une base sur laquelle construire.

— Laquelle ?

Quand elle baissa les yeux sur leurs mains jointes, Cesar comprit que cette étreinte l'affectait autant que lui.

— Ça, dit-il doucement. Cette étincelle. Je l'ai sentie dès

que je vous ai vue. Et je sais que vous ressentez la même chose. Je me rends compte que cela semble arrogant, mais nous sommes d'accord pour convenir que je n'ai aucun sens de la modestie.

Gabriella sourit à son trait d'humour et secoua la tête.

— Je… On ne décide pas de se marier juste parce qu'il y a une étincelle. Les étincelles s'éteignent…

— Les étincelles peuvent aussi se transformer en flammes, qui peuvent être alimentées ; devenir un feu qui continue à brûler. Je crois que notre étincelle est ce genre d'étincelle, et je promets de faire tout ce que je peux pour que cela se produise.

Il vit passer un mélange de désir et de doute dans les prunelles de Gabriella.

— Laissez-moi vous montrer, insista-t-il. Vous m'avez dit hier que je devrais vous demander la permission de vous embrasser. Je vous la demande maintenant.

Il décela un léger frémissement dans son petit rire rauque.

— Vous m'offrez une sorte de dégustation, un échantillon ?

— Je vous offre la preuve que cette étincelle est vivace et qu'elle ne s'éteindra pas.

Après un moment qui lui sembla durer une éternité, elle prit une profonde inspiration.

— Alors… Je vous accorde ma permission.

Le cœur battant, Cesar leva une main. Il caressa doucement la tempe de Gabriella, sa joue, puis passa le pouce sur sa lèvre inférieure. Un léger halètement répondit à son geste, et cette réaction viscérale attisa son désir. Cette femme le rendait fou…

Son pouls s'accéléra lorsqu'il se pencha en avant. Alors, ses lèvres rencontrèrent les siennes.

Il eut l'impression qu'une violente décharge électrique le traversait de part en part. Sa virilité réagit aussitôt, tendue à en être douloureuse. Il avait juste voulu lui effleurer les lèvres, mais le petit gémissement qui échappa à Gabriella le poussa à approfondir leur baiser. Elle avait la main dans ses cheveux à présent et répondait avec passion.

Le cri d'un oiseau nocturne le ramena à la réalité. Il rompit doucement leur étreinte, et ils restèrent face à face, à quelques centimètres l'un de l'autre, les yeux dans les yeux. Un sentiment de panique l'assaillit. Parce que, si tout se passait comme il l'avait prévu, ils venaient d'échanger le premier baiser de leur vie commune ; il n'embrasserait plus jamais une autre femme. Cette perspective était vertigineuse. Pas parce qu'il doutait de sa capacité à être fidèle, mais parce que cela rendait la situation réelle. Ce n'était plus une hypothèse, une stratégie diplomatique, mais l'amorce d'une véritable union de chair et de sang.

L'union de ses parents avait été une alliance politique dépourvue de toute affection et de joie. Elle avait été fondée sur le devoir et n'avait pas évolué. Lorsqu'il avait été en âge de comprendre, Cesar s'était promis d'éviter le mariage et d'opter pour le plaisir sans lendemain, pour des moments de pure passion sensuelle.

Maintenant, il se dirigeait vers l'autel. Mais ce mariage ne serait pas comme celui de ses parents. Ce baiser le lui avait prouvé, tout comme le lui prouvaient les émotions inconnues qui faisaient les montagnes russes dans sa poitrine.

Des émotions *? Reprends-toi, Cesar !* Gabriella le fixait, l'air choqué. Ses yeux écarquillés reflétaient un mélange de vulnérabilité et de désir. Il se força à réfléchir, avant que le silence ne s'étire trop, avant qu'il ne succombe à l'envie impérieuse d'embrasser à nouveau sa sublime princesse. L'idée de perdre le contrôle n'était pas agréable, mais sa stratégie pour séduire Gabriella n'impliquait pas non plus qu'il reste sur la réserve en toutes circonstances.

Il esquissa le sourire qu'il utilisait lorsqu'il se devait d'incarner le prince charmant.

— Alors, l'échantillon a été accepté ? demanda-t-il.

Il perçut immédiatement un changement chez Gabriella. Elle était plus froide, plus distante. Son regard était presque narquois, à présent.

— Oui, tu as réussi. Bravo. La case « étincelle » est maintenant cochée. Cependant, il y en a encore beaucoup d'autres. On ne construit pas un mariage sur un seul baiser. Qu'en est-il de nous ?

Il fronça les sourcils.

— De nous ?

— Oui, nous. Deux êtres humains. Tu proposes que l'on se marie. Cela implique de vivre ensemble, d'avoir des enfants, de nous engager l'un envers l'autre.

Ces paroles et le tutoiement soudain provoquèrent un petit frisson de panique dans tout son corps, qu'il réprima aussitôt.

— Pourtant, je ne te connais pas, reprit-elle. Et tu ne me connais pas. Cela ne semble pas avoir d'importance à tes yeux.

— Je sais que cela doit être difficile à comprendre pour toi, mais nous avons été élevés dans l'idée que les mariages de raison sont la norme.

— C'est tellement déprimant ! Tu veux épouser la reine de Casavalle, pas Gabriella Ross.

— Gabriella Ross est la future reine de Casavalle.

— Tu joues sur les mots. Si j'étais toujours Gabi, propriétaire d'une librairie dans les montagnes du Canada, tu ne me demanderais pas en mariage.

— C'est vrai. Mais tu ne l'es plus.

Gabriella saisit sa flûte et, sans le quitter du regard, but une gorgée de champagne.

— Ce que je veux dire, c'est que tu demanderais en mariage n'importe quelle femme assise à cette table. Tu aurais organisé ce dîner pour n'importe quelle femme, tu aurais embrassé n'importe quelle femme… du moment qu'elle était la prochaine souveraine de Casavalle.

— Non. J'ai prévu cette soirée pour *toi*. Je voulais que *tu* voies le labyrinthe dans sa magie de Noël, je voulais monter ici au coucher du soleil avec *toi*. Et je voulais vraiment t'embrasser *toi*.

— Mais tu aurais sans doute juste organisé une soirée différente si la future reine avait été quelqu'un d'autre.

— Peut-être, admit-il. Mais là, il s'agit de toi et moi.

— Non. Il s'agit du prince d'Aguilarez et de la princesse héritière de Casavalle, pas de Cesar et de Gabi.

— J'aurais été attiré par la Gabi libraire. J'aurais eu envie de l'embrasser. L'étincelle entre nous est réelle. Entre toi et moi. Entre Gabi et Cesar. Voilà l'important.

— Il y a d'autres choses qui sont plus importantes, décréta-t-elle, le front plissé.

Elle ne semblait pas convaincue, mais Cesar estima qu'il serait inutile d'insister. Il devait laisser cette discussion faire son chemin dans l'esprit de Gabriella. Il avait déjà bien avancé.

— Je suis d'accord. Et tu as besoin de temps pour examiner mon idée. Tout ce que je te demande, c'est de réfléchir à mes arguments.

— Je te le promets.

— Je ne peux pas demander plus que ça, affirma-t-il, sincère, en remplissant leurs flûtes. À présent, finissons notre repas au clair de lune et parlons d'autre chose. Ensuite, je te raccompagnerai chez toi.

Pelotonnée dans un fauteuil confortable de la splendide bibliothèque, sa pièce préférée du palais, celle où elle se sentait le plus chez elle, Gabi, une tasse de thé posée à côté d'elle, se préparait à sa routine matinale : la lecture des journaux du jour. Elle espérait que cette habitude quotidienne contrebalancerait l'irréalité de la soirée de la veille. Cesar

Asturias voulait l'épouser. Cesar Asturias l'avait embrassée. Gabi ferma les yeux tandis que son corps tout entier frémissait à ce souvenir.

Elle les rouvrit, furieuse après elle-même. Ce baiser n'avait rien signifié pour Cesar. Il aurait embrassé n'importe quelle femme – c'était sa spécialité, après tout, non ? Pourtant, juste après, elle aurait juré avoir lu dans son regard qu'il était aussi ébranlé qu'elle. Mais il avait cligné des paupières, et elle s'était dit qu'elle avait dû rêver ; surtout quand s'était lentement dessiné sur ses lèvres le sourire satisfait de l'homme qui savait qu'il avait gagné. À cet instant, la réalité l'avait rattrapée et assommée : elle se faisait manipuler par un fieffé don Juan !

Elle décida d'arrêter de penser à ce satané baiser qui avait enflammé ses sens et alluma sa tablette.

Une minute plus tard, Gabi poussa un cri étouffé en découvrant les titres de certains journaux people : « Une romance royale dans l'air », « Serait-ce de l'amour ? », « Un pique-nique privé », « Diplomatie ou flirt ? »…

Mon Dieu !

Les photos étaient encore pires : Cesar et elle en pleine conversation durant le bal (elle arborait une expression furieuse) ; eux deux en train de valser, son regard enamouré tourné vers lui ; eux deux côte à côte, l'air complice… Un article affirmait que des débuts difficiles avaient débouché sur une danse sensuelle. Dans un autre, une source confirmait qu'un dîner romantique en tête à tête avait été organisé par le prince d'Aguilarez, « envoûté par la belle Gabriella ».

Envoûté ? Quelle blague ! se dit Gabi, à la fois furieuse et effondrée. Si elle mettait la main sur cette « source » !

Un coup frappé à la porte la tira de ses fantasmes de vengeance. C'était un des secrétaires du palais, qui lui demanda s'il pouvait introduire Cesar Asturias. *Le prince envoûté ! Il tombe bien, celui-là !* songea-t-elle en remerciant le jeune homme.

— Je suis venu directement pour qu'on puisse discuter d'une stratégie, annonça Cesar sans préambule une fois la porte de la bibliothèque refermée.

Gabi fronça les sourcils.

— Une stratégie ? Pourquoi pas un démenti total ?

— C'est une option…

— Pas ta préférée, on dirait.

— Cela dépend…

Il laissa sa phrase en suspens et s'assit en face d'elle. Gabi ressentit aussitôt dans le bas du ventre les chaudes pulsations et ondulations que provoquait la proximité de son corps viril.

— De quoi ?

— De ce que tu as décidé après notre discussion d'hier soir.

Cette question lui avait causé une nuit presque blanche ; les pensées avaient tourbillonné dans son cerveau, entrecoupées d'images de leur baiser qui l'avaient mise au supplice. Mais si Cesar était le prince charmant par excellence et qu'il enflammait ses sens, Gabi devait se rappeler qu'elle n'était pas l'héroïne d'un roman d'amour ni d'un conte de fées. C'était la vraie vie. Sa vie, celle de Cesar, et, chose effrayante, les décisions qu'ils prendraient auraient un impact sur le bien-être de leurs deux nations. Finalement, alors qu'elle s'endormait dans la lumière de l'aube, elle avait pris une décision.

— J'ai décidé qu'il n'y aurait pas de mal à discuter plus avant.

— Bien. Alors nous ne sommes pas obligés de démentir.

— Pourquoi ?

— Parce que ces articles sont positifs. Ils ne remettent pas en question ta légitimité à devenir reine, ils ne font aucune mention d'un scandale, d'un secret honteux, que sais-je encore. Ils ne ternissent pas notre image.

Gabi se retint de l'attraper par ses larges épaules et de le secouer. Puis une idée la traversa :

— On pourrait croire que tu as planifié toi-même ces fuites, avança-t-elle. Es-tu la source citée par certains journaux ?

— Je n'ai rien planifié, mais je n'ai rien empêché non plus.

La jeune femme faillit s'étrangler de stupeur et bondit sur ses pieds.

— Quoi ? ! Donc tu as tacitement encouragé la publication de ces histoires à dormir debout ?

Gabi commença à faire les cent pas. Ce n'était pas une attitude digne de son rang, elle en avait conscience, mais elle était incapable de rester impassible.

— Oui. Et je pense que nous devrions continuer à le faire.

— Mais c'est insensé ! Ils ne peuvent pas croire ce qu'ils écrivent ! Ils savent que nous nous connaissons à peine, non ?

— Ils écrivent pour vendre, pas pour dire la vérité. Beaucoup de gens aiment la romance, veulent croire aux contes de fées. Ils voient les membres de la famille royale comme des personnages de fiction, alors pourquoi ne pas leur offrir une histoire qui leur fait du bien ?

— Parce que nous ne sommes pas des personnages de fiction ! Nous sommes réels. Et je te rappelle que les chances que nous nous mariions sont infimes. Même si cela arrive, ce ne sera pas romantique, ni passionné, ni féerique !

— Nous pouvons donner une illusion de romantisme pendant que nous décidons de ce que nous voulons faire, que nous apprenons à nous connaître. Ce genre de presse est une bonne publicité pour nos deux pays.

— Tu penses donc que nous devrions encourager les journalistes à croire qu'il y a de la « romance dans l'air » pendant que nous réfléchissons de sang-froid à un mariage de raison ?

— Pas de sang-froid, non, murmura Cesar en plongeant le regard dans le sien.

Aussitôt, Gabi fut attirée vers lui comme par un aimant. À son grand soulagement, un coup timide fut frappé à la porte et elle put s'arracher à l'attraction magnétique que Cesar exerçait sur elle.

C'était Donna, une des employées du palais, qui poussait un chariot avec des boissons.

— Par exemple, commença Cesar dès que la jeune femme fut sortie, nous aurions pu profiter de cette occasion pour laisser l'étincelle jaillir et donner une impression de romance. La servante aurait rapporté cette histoire au personnel de la cuisine, et c'est ainsi que les rumeurs se développent.

— Laisser l'étincelle jaillir…, répéta Gabi presque pour elle-même, pensive. Je ne sais pas si je dois être heureuse ou horrifiée qu'une telle étincelle existe, alors l'idée de l'exhiber en public ne me remplit pas de joie.

— Exhiber est un mot trop fort, dit-il gaiement. Des échanges furtifs de regards, nos doigts qui s'effleurent, une main sur le bras… Pas plus que cela, et rien de déshonorant pour une future reine. Mais pour créer une illusion, il faut vivre cette illusion.

— À t'entendre, c'est facile.

— Ce sera facile puisque l'attirance existe. Il suffira de la laisser agir. Ce sera comme la valse, on va y arriver.

Le mot « valse » rappela à Gabi la sensation du corps musclé de Cesar contre le sien, l'embrasement intime que cela avait provoqué… oui, l'attirance existait bel et bien.

— Alors, qu'est-ce que tu en penses ? insista-t-il.

Gabi essaya de se concentrer. Cesar et elle allaient passer du temps ensemble, et il y aurait des spéculations quoi qu'ils fassent ou disent. Donc autant donner un peu de grain à moudre plutôt que de laisser les journalistes inventer de toutes pièces.

— C'est d'accord, je vais jouer le jeu.

Mon Dieu, Gabi, dans quoi t'engages-tu ? se demanda-t-elle en s'asseyant. Elle but une gorgée de thé chaud. Le choc fut immédiat, une sensation de nostalgie qui la frappa de plein fouet : le goût du thé apporté par Donna l'avait ramenée dans sa librairie, dans son ancienne vie. Les larmes lui montèrent aux yeux.

— Hé, ça va ? demanda Cesar en s'accroupissant devant elle.

— Oui, je suis désolée. J'ai juste eu soudain envie de m'asseoir dans ma librairie avec un roman et une tasse de thé. Tu sais, la librairie était plus qu'un travail : c'était comme ma maison. Ma tante et mon oncle l'ont achetée quand j'étais jeune. J'y ai grandi et je l'ai toujours aimée. L'odeur des livres, leurs couvertures, leur magie. Je pouvais m'évader en eux. Vivre une vie différente, me lier d'amitié avec les personnages.

Gabi s'interrompit, la main devant la bouche, gênée.

— Pardon, je m'emporte un peu. Quel est ton livre préféré ?

Ce fut au tour de Cesar de sembler gêné.

— Je ne lis pas.

— Tu ne lis pas ? répéta Gabi, incrédule.

— Eh bien, je lis des rapports, des documents officiels, et je lis beaucoup la presse. Mais jamais de fiction ni de poésie.

— Alors quel est le livre qui a marqué ton enfance ? Celui que tu lisais sous les couvertures avec une lampe de poche ? Des histoires de sorciers ? De chevaliers ? Tes parents t'ont sûrement lu des histoires avant que tu t'endormes, non ?

Elle savait par sa tante que sa mère lui lisait des histoires. D'ailleurs, Gabi avait le faible et insaisissable souvenir d'une voix douce et modulée, qui lui faisait la lecture, imitait des bruits d'animaux, lui chantait doucement des comptines.

— Je lisais l'histoire de mon royaume, rédigée par les plus importants de nos auteurs locaux. Mais la fiction était considérée comme inutile pour ma formation de prince.

Il éclata soudain de rire.

— Tu as l'air absolument horrifiée !

— Je le suis ! confirma Gabi. Comment peut-on vivre sans lire ?

Enfant, cela lui avait permis de s'échapper dans des univers imaginaires, d'oublier qu'elle était un fardeau pour son oncle et sa tante, qu'elle n'avait jamais connu son père, que sa mère était morte. Lire l'avait sauvée.

— Alors tu penses que je devrais lire ?

— Je pense que tout le monde devrait lire.

— C'est un peu despotique, non ?

— Non. Ce serait despotique si j'imposais des lectures. Mais il existe des livres pour tous les goûts, des auteurs différents, des genres différents, des styles et des formats différents. Ce que je crois, c'est que l'on devrait tous être encouragés à lire. Surtout dans ce monde de plus en plus rapide, pressé, uniforme. Bref, on dirait que libraire un jour, libraire toujours !

— Je comprends pourquoi ta librairie avait du succès : tu t'illumines quand tu parles des livres, et ton enthousiasme est contagieux.

— Mais c'est fini, tout ça. Ma vie a changé, dit-elle d'un ton morne, le cœur lourd.

— Cela n'enlève rien à tout ce que tu as accompli. J'aurais aimé voir ta librairie, ton ancien royaume. Te rencontrer alors que tu étais cette personne, cette personne qui fait toujours partie de toi. Le passé ne disparaît pas comme ça ; il fait de nous ce que nous sommes au présent.

Les mots de Cesar la réconfortaient. Elle se sentait mieux, avait le sentiment qu'en effet son existence d'hier n'allait pas être engloutie par celle d'aujourd'hui. Gabriella la princesse ne tuerait pas Gabi la libraire.

— Merci, murmura-t-elle. Je me suis dit que je pourrais ouvrir cette bibliothèque, la réaménager pour la rendre plus accessible au personnel. Sans forcer personne à venir lire, bien sûr. Mais avec plus de tables, des chaises confortables, un distributeur de boissons et un catalogue des ouvrages, cela donnerait peut-être envie à certains de venir passer un peu de temps ici. Qu'en penses-tu ? C'est une idée idiote ?

— Je pense que c'est une excellente idée, au contraire !

Il semblait sincère, mais Gabi avait besoin d'être rassurée.

— Vraiment ?

— Vraiment. Je ne dis pas des choses que je ne pense

pas, Gabriella. Et maintenant, poursuivit-il d'un ton enjoué, pourquoi ne pas commencer par moi ?

Commencer par lui ? S'avancer, lever la main, toucher sa joue, descendre le long de son torse, se mettre sur la pointe des pieds, effleurer ses lèvres…

— Je voudrais que tu me choisisses un livre, déclara-t-il.

Gabi secoua la tête. Que se passait-il ? Devenait-elle folle au contact de Cesar ? Comment avait-elle pu se laisser aller à des divagations brûlantes, alors qu'il lui demandait un simple conseil de lecture ?

— Je… Un livre ? bredouilla-t-elle, le corps en feu.

Pourvu qu'il n'ait pas remarqué son trouble ! songea-t-elle en se tournant vers les rayonnages.

— Oui. Les livres sont importants pour toi, et je voudrais essayer de comprendre ton univers.

Cette démarche la touchait. Après quelques instants de réflexion, elle alla chercher deux romans et les lui rapporta.

— Tiens, essaie ceux-là.

Il tendit la main pour saisir les ouvrages. Leurs peaux se frôlèrent. Gabi frissonna.

— Merci.

— J'espère que tu les apprécieras. Si ce n'est pas le cas, ce n'est pas grave ; j'en ai beaucoup d'autres à te suggérer.

Elle se rappela tout à coup la raison de la présence de Cesar et changea de sujet :

— Que se passe-t-il ensuite pour nous deux, si l'on suit ta stratégie ?

— Je suggère qu'on sorte ensemble.

— Un faux rendez-vous ?

— En quelque sorte. Quel est ton emploi du temps aujourd'hui ?

Gabi afficha son agenda sur l'écran de sa tablette et la tendit à Cesar. Celui-ci grimaça.

— C'est bien rempli, dis donc ! C'est une journée type ? demanda-t-il.

— Oui.

— Je viendrai te chercher à midi. Habille-toi chaudement, ajouta-t-il avec un sourire à faire fondre la banquise. Et n'aie pas l'air si inquiète : un rendez-vous avec moi n'est pas une épreuve, je te le promets. L'idée est de s'amuser.

Sa voix était un feulement bas et profond, du chocolat fondu qui glissait sur sa peau et affolait ses sens. Elle allait devoir garder la tête froide et ne pas oublier que ce rendez-vous était un numéro pour la presse.

Une simple mise en scène.

— Alors je mettrai mon bonnet préféré.

7.

À midi pile, Gabriella entra dans la salle de réception. Elle avait tenu parole, et portait un bonnet de laine rayé rouge et blanc à pompon. Elle avait aussi un manteau molletonné rouge sur un jean, et de l'inquiétude plein les yeux.

— Je suppose que la presse attend dehors, dit-elle.

— Oui, mais ça va aller. Fais-moi confiance. Allons-y.

Sans réfléchir, il lui tendit la main. Quand elle la saisit, Cesar ressentit une chaleur soudaine dans tout le corps.

— Prête ?

Elle hocha la tête, alors il ouvrit la porte qui donnait sur l'extérieur du palais. Ils marchèrent main dans la main vers le Land Rover garé le long du trottoir, une équipe de sécurité entre eux et la meute de journalistes. Les questions fusaient : « Où allez-vous, princesse Gabriella ? », « Cesar, c'est un rendez-vous galant ? »... Il était habitué mais sentait que Gabriella contenait sa panique. Un garde du corps ouvrit la portière du luxueux 4x4. La jeune femme se glissa dans l'habitacle. Il s'installa à son tour et donna l'ordre à son chauffeur de démarrer.

Gabriella se retourna.

— Ils ne vont pas nous suivre ?

— J'y compte bien !

— Où allons-nous ?

— Si je te le dis, ça gâchera la surprise.

Il se réjouissait à l'avance de contempler son visage lorsqu'elle découvrirait le lieu de leur rendez-vous. Il voulait la voir sourire ; il savait que les gros titres l'avaient inquiétée, se doutait que la perspective du mariage la préoccupait.

— Je vais te donner un indice, reprit-il. Je t'emmène à Aguilarez. Plus nous nous approcherons, plus tu verras le panorama changer. Devenir plus escarpé, plus montagneux. La géographie influe sur le caractère des peuples et leur mode de vie, c'est pourquoi nos deux pays sont différents sur bien des plans.

Gabriella se tourna vers la vitre et resta silencieuse, concentrée sur les paysages qu'ils traversaient. Cesar en profita pour se délecter de son profil aristocratique, de sa longue chevelure brillante, de ses traits délicats. La princesse de Casavalle était une femme superbe.

Après un très long moment – ils avaient franchi la frontière –, elle se retourna vers lui.

— Je vois ce que tu veux dire : c'est très différent de Casavalle, en effet.

— À Aguilarez, il est plus compliqué de cultiver le sol. Les conditions sont plus dures. Autrefois, mon peuple avait du ressentiment envers le tien, qui jouissait de meilleures récoltes et d'un mode de vie plus facile. Cette jalousie explique en partie les siècles de guerre, mais Casavalle n'est pas exempt de toute responsabilité. À certains moments de l'histoire, tes aïeux ont voulu gouverner l'île entière.

— Et maintenant ?

— Aujourd'hui, nous sommes des nations prospères et alliées. Pourtant…

— Tu crois toujours que cette alliance est fragile.

— C'est difficile. Enfants, mes frères jouaient aux petits soldats et les armées en guerre étaient celles d'Aguilarez et de Casavalle. Un jour, mon frère aîné sera roi, et l'autre gravit les échelons dans l'armée. C'est ainsi que cela se passe depuis des siècles. Nos destins sont déjà écrits.

— Et toi ? À quoi jouais-tu quand tu étais enfant ?

Cesar ne put s'empêcher de rire.

— J'essayais de négocier la paix entre les armées de mes frères. Je suppose que je savais déjà que la diplomatie était mon avenir.

— Que se serait-il passé si tu avais décidé de devenir chirurgien, banquier ou professeur ?

— Ce n'était pas une option. Il était donc préférable de ne pas envisager autre chose que ce qui avait été prévu pour chacun de nous depuis la naissance.

Gabriella grimaça.

— Ne sois pas désolée pour moi. J'aime mon travail. Il me donne l'occasion de rencontrer beaucoup de gens, et j'espère faire le bien ; pour Aguilarez, mais aussi pour d'autres nations.

Des images de ses voyages à l'étranger, dans des pays ravagés, déchirés par la guerre, envahirent son esprit. Là-bas, la détresse des enfants était l'une des choses qui le touchaient le plus. C'était eux qu'il voulait aider avant tout. Mais lorsqu'il avait demandé à ses parents si son rôle pouvait changer, devenir plus humanitaire, s'il avait la possibilité de créer une fondation et de jouer un rôle plus actif auprès de certaines organisations caritatives, ils avaient mis leur veto. Désormais, lorsqu'il le pouvait, Cesar effectuait des voyages officieux, des dons anonymes et, chaque fois que cela était possible, il utilisait son influence diplomatique pour aider les plus démunis.

— En tant que diplomate, reprit-il, je crois qu'il serait bon pour Aguilarez et Casavalle que nous nous mariions.

Alors que la voiture entamait une montée abrupte sur une route de montagne, Gabriella lui demanda, le front plissé :

— Où allons-nous ?

— Au palais d'Aguilarez.

— Oh !

Son visage se crispa en un masque d'inquiétude. Cesar comprit immédiatement ce qui l'effrayait.

— Nous n'allons pas rencontrer ma famille, détends-toi ! Ils ne sont pas ici en ce moment.

— Qu'allons-nous faire, alors ? demanda-t-elle au moment où ils arrivaient au pied de la forteresse.

Le 4x4 s'arrêta devant les grilles imposantes, qui s'ouvrirent aussitôt. Elles se refermèrent derrière eux, au nez des quelques journalistes qui les avaient suivis. Cesar fit arrêter le véhicule, en descendit et se posta face aux reporters, qui commencèrent à lui crier des questions tout en prenant des photos.

— Du calme, messieurs-dames, du calme ! À titre d'information, la princesse Gabriella et moi-même allons simplement faire de la luge.

— De la luge ? ! s'étonna la jeune femme dès qu'il eut repris place à côté d'elle.

— Oui. Sauf si l'idée ne te plaît pas.

— Tu plaisantes, j'espère ! s'écria-t-elle, l'air ravi. J'adore faire de la luge ! Et d'ailleurs, moi, princesse de Casavalle, je te défie, prince d'Aguilarez. Au lieu de nous affronter sur le champ de bataille, nous allons dévaler les pentes, et que le meilleur gagne !

Un large sourire illuminait son visage aux traits parfaits.

— J'accepte le défi, princesse. Mais quelle sera la récompense pour le gagnant ?

Cesar laissa son regard s'attarder sur ses lèvres. Il savait que Gabriella ne reculerait pas devant un pari.

— Un baiser ? proposa-t-il.

Après un silence, elle inclina la tête en signe d'acceptation.

— D'accord.

Gabi ne s'était pas sentie aussi bien depuis des mois qu'elle était arrivée en Europe ; si elle était honnête avec elle-même, elle n'était pas sûre de s'être jamais sentie aussi bien…

Tout autour d'eux, le paysage enneigé était d'un blanc éclatant et scintillait sous le soleil. L'air, vif, stimulant, était différent à cette altitude. Au loin, les hauts sommets se découpaient majestueusement sur l'azur du ciel tandis que, de l'autre côté, se dressait la silhouette impressionnante du château fort qui faisait office de palais royal.

— C'est magnifique ! souffla-t-elle, exaltée.

Son cœur bondit dans sa poitrine en songeant à leur pari. Cesar avait sorti du coffre de la voiture deux luges, simples et robustes, en bois.

— Par ici, lança-t-il.

Ils marchèrent sur la neige jusqu'au point de départ, au sommet d'une petite colline.

— Une descente d'entraînement, puis on fait la course ? proposa-t-il.

Gabi hocha la tête et s'allongea sur sa luge. Un cri s'échappa de ses lèvres et résonna dans l'atmosphère tandis qu'elle dévalait sur la neige blanche et compacte. Très vite, elle fut consciente que Cesar descendait parallèlement à elle. La descente jusqu'au bas de la colline, dans ce cadre enchanteur, la remplit d'un bonheur absolu. Elle se remit sur ses pieds et sourit à son compagnon.

— C'était incroyable ! Je suis prête pour la course.

— Allons-y, alors…

Ils grimpèrent de nouveau jusqu'au sommet. Une fois parvenue là-haut, Gabi avait le souffle court. Mais ce n'était pas tant à cause de l'effort que de l'effet que produisaient sur elle la présence magnétique et la beauté stupéfiante de Cesar.

Il riva son regard au sien, transformant son sang en lave liquide.

— Que le meilleur gagne ! déclara-t-il.

Ils prirent place sur la même ligne. Bien décidée à remporter la course, Gabi était concentrée sur l'objectif final. Lorsque Cesar donna le départ, elle prit son élan et s'allongea sur la luge, prenant garde à bien répartir son poids. Elle avait visualisé mentalement sa trajectoire et pouvait anticiper les accidents du terrain, les courbes, les replats. Elle était au coude à coude avec Cesar, avantagé par son poids supérieur. Pourtant, Gabi prit l'avantage dans les derniers mètres et coiffa son adversaire au poteau. Elle poussa alors un long cri de triomphe tandis qu'elle arrêtait son engin dans une gerbe de poudreuse.

— Je l'ai fait ! J'ai gagné !

— Tu as gagné, c'est vrai, reconnut sportivement Cesar. Bravo.

— Dans ce cas, je réclame ma récompense.

Ces mots lui avaient échappé le plus naturellement du monde. Stupéfaite de sa propre audace – était-ce de la stupidité ? de la folie ? –, elle fit néanmoins un pas vers lui. Tout son corps vibrait d'excitation sensuelle. Son cerveau essaya d'intervenir, mais Gabi le fit taire. Et qu'aurait-il pu lui objecter ? Il n'y avait pas de meilleur endroit que celui-ci, loin des paparazzis, du public, loin de tout. Jamais ce moment ne serait enregistré et étalé dans les médias. Et puis ce n'était pas comme si elle s'engageait à quoi que ce soit : c'était juste un baiser ; le résultat d'un pari, rien de plus.

Assez de justifications ! Elle voulait l'embrasser. Elle le voulait avec une intensité qu'elle n'avait jamais éprouvée auparavant. Le désir pulsait en elle, faisait pétiller ses veines. Elle s'approcha de lui et, doucement, leva une main qu'elle posa sur son torse puissant. Cesar planta son regard dans le sien. Autour d'eux, c'était comme si le temps s'était arrêté, comme si la Terre avait cessé de tourner.

Puis, avec une lenteur diabolique, le prince d'Aguilarez baissa son visage vers le sien et glissa les doigts dans ses cheveux. Gabi vivait un délicieux supplice, une exquise torture. Enfin, leurs bouches se frôlèrent, et elle faillit défaillir. Le baiser était doux, ses lèvres fermes. Gabi se pressa contre son corps musclé et perçut son excitation malgré les vêtements d'hiver. Elle ne put retenir un petit gémissement, puis elle se perdit dans l'instant.

Combien de temps dura cette étreinte ? Elle n'aurait su le dire. Lorsque Cesar la rompit, ce fut comme un arrachement, une perte irréparable. Et c'est seulement lorsqu'elle ouvrit les yeux que Gabriella réalisa qu'elle les avait fermés.

Elle ne devait pas montrer à quel point ce simple baiser l'avait affectée. D'autant que pour Cesar c'était normal, il avait embrassé ainsi des centaines d'autres femmes, toutes plus belles et plus sophistiquées qu'elle ne pourrait jamais espérer l'être.

Reste calme, Gabi. Garde ton sang-froid.

— Merci, dit-elle. Cela valait la peine de gagner ! Je veux bien t'accorder une revanche, mais sans récompense cette fois.

— Avec plaisir ! Puis un déjeuner nous attend dans mes quartiers au palais.

Le salon des appartements de Cesar était confortable, le mobilier épuré, sans ostentation. La télévision à écran plat fixée au mur était à la pointe de la technologie.

— C'est ici que tu vis quand tu n'es pas en mission diplomatique ?

— Oui.

La table avait été joliment dressée avec un centre de table composé de fleurs. Cesar l'invita à s'asseoir puis souleva les cloches qui gardaient les plats au chaud. Un arôme alléchant de citron acidulé et de thym s'éleva de l'assiette de Gabi, où une portion de risotto était admirablement bien présentée. Un bol de salade verte se trouvait posé à côté d'elle. Gabi en prit une fourchetée.

— C'est délicieux ! s'exclama-t-elle. La sauce est incroyable.

— Je suis heureux que tu apprécies.

— J'adore ! confirma-t-elle après une bouchée de risotto. J'aimerais pouvoir cuisiner comme ça. Tu sais cuisiner, toi ?

— Cela ne fait pas partie du programme royal d'éducation des princes, non. Il y a des chefs, qui préparent chaque repas. Je me souviens avoir voulu apprendre la pâtisserie, plus jeune, mais je n'ai pu convaincre personne de me montrer.

— Tes parents ?

Cesar lâcha un petit rire sarcastique.

— Tu les as croisés. Tu les imagines préparer des cookies ? Je doute fort que l'un ou l'autre soient jamais entrés dans les cuisines du palais. Je ne suis même pas sûr qu'ils sachent où elles se situent ! Une fois, pour une quelconque photo promotionnelle destinée à illustrer un article sur la famille royale, je crois me souvenir que ma mère a posé avec Flavia et moi, un saladier et une cuillère en bois à la main. Je me demande si ce n'est pas ce qui a déclenché mon envie de cuisiner : l'espoir de faire quelque chose avec ma mère, ou qu'elle soit fière de moi.

Les mots étaient simples, prononcés avec une certaine légèreté, mais Gabi devinait un fond de tristesse. L'image de Cesar enfant traversa son esprit. Un petit garçon aux cheveux bruns qui avait vraiment espéré que sa mère se rapprocherait de lui, transformerait l'illusion promotionnelle en vérité.

— Qui y avait-il autour de toi quand tu étais petit ? demanda-t-elle d'une voix douce.

— Beaucoup de nounous. Nous avions un emploi du temps très précis, qui n'incluait pas la pâtisserie. Nous avions des choses plus importantes à apprendre et à accomplir, selon nos parents. C'était notre devoir et un privilège d'agir pour Aguilarez ; la capacité de confectionner un gâteau ne ferait en aucun cas avancer notre pays.

— Ça n'avait pas l'air très amusant…

— S'amuser n'était pas une priorité, dans notre enfance.

Si c'était ainsi que son père avait raisonné, Gabi comprenait mieux maintenant pourquoi sa mère avait paniqué à la perspective d'élever son enfant dans cette atmosphère corsetée par les règles de la maison royale.

— Et toi, comment veux-tu élever tes enfants ? lui demanda-t-elle en le fixant droit dans les yeux. Parce que les miens s'amuseront – avec moi, pas avec des nounous. Si mon enfant veut faire de la pâtisserie, il en fera. Que cela profite au royaume de Casavalle ou pas !

— J'en déduis que tu sais cuisiner ?

— Ma tante Bea m'a appris, même si elle ne me laissait pas lécher la cuillère et que c'était ce qu'elle appelait de la « cuisine utile ». Pour que je sois capable de préparer des petites choses, de me débrouiller avec des plats simples.

Après la mort de sa tante, Gabi était tombée sur un guide pratique sur la façon d'élever un enfant, avec un chapitre dédié à l'apprentissage de la cuisine. Cette découverte l'avait touchée ; elle avait réalisé avec encore plus d'acuité combien Bea et Peter avaient dû faire face à une situation déstabilisante lorsqu'ils l'avaient recueillie.

— J'ai toujours imaginé que ma mère aurait cuisiné avec moi, des gâteaux au chocolat, avec des paillettes colorées et du glaçage… Parfois, l'image était si claire que j'entendais presque son rire. Mais je ne suis pas à plaindre.

— Tu as le droit de te plaindre, vu ce que tu as vécu. Cela a dû être dur de perdre ta mère si jeune, même si ton oncle et ta tante étaient bons avec toi.

— Je ne me souviens pas vraiment d'elle, juste de quelques images fugaces dont je ne suis même pas sûre qu'elles soient vraies. Et il n'y a pas de photos. Je comprends maintenant pourquoi : elle devait avoir peur d'être reconnue.

— Et tu n'avais aucune idée de qui était ton père.

— Aucune. Je suppose que mon oncle et ma tante étaient au courant – ma mère avait tout de même épousé un roi ! Mais ils ont gardé un silence total. Tout ce qu'ils m'ont dit, c'est que ma mère ne leur avait jamais révélé l'identité de mon père.

Ils parlaient rarement de Sophia et, saisissant rapidement qu'ils n'aimaient pas aborder ce sujet, Gabi avait cessé de poser des questions. Elle comprenait maintenant leur réticence : la lettre de sa mère expliquait qu'elle leur avait demandé de garder le secret, et Bea et Peter avaient tenu cette promesse jusqu'au bout.

— Ça a dû être difficile, avança doucement Cesar.

— C'est vrai. J'ai inventé beaucoup d'histoires. Que mon père était médecin, soldat, pompier… Il prenait l'identité de chaque héros de chaque livre que je lisais. Puis il est devenu chacun des méchants : un criminel, un homme marié, etc. Finalement, j'ai préféré penser qu'il s'agissait d'un homme qui ne pouvait pas supporter l'idée d'être père. Le pire, c'était de me demander si je l'avais déjà croisé dans la rue ou si c'était un client de la librairie, et que je ne sois pas en mesure de le reconnaître.

— Je pense que, si tu avais croisé Vincenzo, tu aurais su, affirma Cesar. Il y a un air de famille certain.

— Tu l'as bien connu ?

— Non, pas vraiment. Je ne l'ai rencontré que dans des occasions officielles. C'était une personne qui mettait de la distance. Je ne suis pas sûr que quelqu'un le connaissait réellement. Peut-être ta mère ou la reine Maria… Ce n'était pas un homme qui souhaitait être proche ou intime avec quiconque. Mais c'était un très bon souverain ; lui et Maria étaient respectés et aimés de leur peuple.

Ces mots rappelèrent soudain à Gabi la raison pour laquelle ils étaient assis ensemble ici : pour considérer l'hypothèse d'un mariage. Cette union serait, comme celle du roi Vincenzo et de Maria, une alliance forgée dans l'espoir de gagner le respect et la sympathie de leurs peuples respectifs. Le roi et la reine de Casavalle avaient sans doute été très complices et s'étaient soutenus mutuellement. Mais elle devait veiller à ne pas oublier les limites, à ne pas se faire d'illusions.

Ce serait un mariage sans amour.

Posant ses couverts, elle déclara :

— C'était délicieux, merci. Et merci pour la course de luges. J'ai vraiment apprécié.

Cesar jeta un coup d'œil à sa montre.

— Mais maintenant tu dois retourner à Casavalle remplir tes obligations. Je comprends. Que dirais-tu d'un autre rendez-vous ? Il y a le mariage d'Antonio et de Tia dans trois jours, mais nous pourrions nous voir avant, non ?

Gabi réfléchit à toute allure. Il était temps qu'elle prenne le contrôle, avant que Cesar ne l'éblouisse en lui faisant voir cette proposition de mariage sous un éclairage séduisant.

— D'accord, dit-elle. Mais cette fois, c'est moi qui organiserai notre entrevue.

8.

Cesar suivait un majordome dans les couloirs du palais royal de Casavalle, se demandant quelle surprise Gabriella lui avait préparée. Il se sentait heureux, légèrement impatient, et étonné par ce sentiment de bien-être. Son « opération mariage » se déroulait mieux que prévu ; plus il apprenait à connaître Gabriella, plus il l'appréciait, et plus il pensait qu'ils pourraient faire quelque chose ensemble.

Son guide s'arrêta devant une porte close, sur laquelle il frappa trois petits coups.

— La princesse Gabriella est ici, lui indiqua-t-il.

— Entrez ! fit la voix de la jeune femme.

L'homme ouvrit la porte et s'effaça pour laisser entrer Cesar. Gabriella se tenait près du plan de travail en marbre d'une spacieuse cuisine. Elle remercia le majordome aux cheveux gris, qui les laissa seuls. Cesar nota qu'étaient posés sur la longue table en bois deux tabliers, un livre de cuisine, et une foule d'ingrédients et d'ustensiles variés.

— Nous allons faire de la pâtisserie, expliqua-t-elle avec un grand sourire. C'est ce dont tu avais envie quand tu étais petit et j'ai pensé que ce serait amusant.

Cesar fut submergé par une étrange vague de chaleur, par la sensation de... De quoi ? D'être important pour quelqu'un ? D'être choyé ?

— Un photographe nous immortalisera dans nos beaux tabliers avec le fruit de notre travail, ajouta-t-elle, et nous pourrons envoyer des clichés à la presse.

— Quelle pâtisserie allons-nous réaliser ?

— Un gâteau au chocolat. Je ne l'ai jamais fait. Imogen m'a donné le livre contenant la recette, elle m'a dit qu'il était délicieux. Bon, poursuivit-elle en ouvrant l'ouvrage, commençons par lire les instructions. « Ce gâteau a… »

Elle s'interrompit brusquement, le rouge aux joues.

— Qu'est-ce qu'il y a ? Ce gâteau a quoi ?

— Rien, dit-elle rapidement, en serrant le livre de recettes contre sa poitrine.

— Allez, Gabriella. Dis-moi !

— Il n'y a rien à dire… C'est… Eh bien…

Elle semblait tellement gênée et mal à l'aise que Cesar s'approcha d'elle, la main tendue.

— Ce gâteau me semble bien intrigant ! Montre-moi.

— Non ! s'écria-t-elle vivement. Ça n'a vraiment pas d'importance. C'est juste que le gâteau a des… heu… des vertus aphrodisiaques.

— Fais voir !

— Non… vraiment.

Elle pivota avec un petit rire et essaya de s'échapper, l'ouvrage au-dessus de sa tête comme pour le mettre hors d'atteinte. Cesar la rattrapa et la coinça contre le plan de travail.

— Tu es ma prisonnière, dit-il d'un ton taquin.

Soudain, il réalisa à quel point elle était proche de lui. Si proche et si tentante… Il émanait d'elle une délicieuse odeur de pain et de vanille épicée qui lui tourna la tête et fit réagir sa virilité. Gabriella s'était figée, comme si elle ressentait exactement la même chose. Sa main qui tenait le livre de recettes retomba à son côté.

— Je ne pense pas que nous ayons besoin de l'aide du gâteau, susurra-t-il.

Alors, il l'embrassa. Comme si sa vie en dépendait. C'était incroyable. Magnifique. D'une intensité inouïe.

Il entendit le bruit sourd du livre qui tombait sur le sol.

Gabriella se colla à lui. Elle ne pouvait à présent plus ignorer dans quel état elle le mettait… Il enfouit les mains dans sa chevelure douce et soyeuse, puis approfondit leur baiser. Elle lui répondit presque avec sauvagerie.

Bon sang !

Rien n'existait plus que l'ampleur féroce de son désir. Cesar voulait cette femme avec une ardeur folle. Et ce constat de ses sens, primitif, quasi animal, atteignit son cerveau. Il se souvint que cette splendide créature qui ondulait contre lui était Gabriella Ross Valenti, future reine de Casavalle.

Il devait s'arrêter avant de ne plus en être capable.

Il s'écarta doucement, le souffle court. Chaque inspiration, saccadée, semblait accélérer les battements de son cœur. En voyant ses lèvres gonflées, son regard éperdu, le pouls rapide à la base de son cou, il n'avait qu'une envie : l'embrasser à nouveau. Et en subir les conséquences…

Cesar, stop ! s'ordonna-t-il.

Il aurait voulu lui parler, mais les mots refusaient de sortir de sa bouche. Gabriella poussa un petit gémissement frustré et recula d'un pas.

— Je…

Elle s'interrompit et tendit la main vers le comptoir comme pour se stabiliser.

— On ne peut pas continuer à s'embrasser à chaque rendez-vous, dit-elle d'une voix rauque, excitante. Je crains que cela m'embrouille la tête, brouille mon jugement, et je… Nous ne pouvons pas nous le permettre. La décision que nous devons prendre est trop importante.

— Je suis d'accord. Si tu décides de m'épouser, j'ai besoin de savoir que c'est pour les bonnes raisons, que nous avons conclu cet accord sur la même longueur d'onde.

Elle lissa ses cheveux d'un geste gracieux et hocha la tête.

— Maintenant, préparons ce gâteau ! lança-t-il en forçant l'allégresse dans sa voix.

Gabriella et lui s'étaient partagé les tâches, mais Cesar se débattait encore avec le souvenir de leur baiser. Et ce n'était pas facile. Ils étaient si proches qu'il pouvait sentir le parfum de son shampoing. Alors qu'il lisait les instructions par-dessus son épaule, il dut lutter contre l'envie de se pencher et d'embrasser la belle princesse dans le creux du cou. Il savait que l'odeur de cacao qui saupoudrait l'air le ramènerait toujours à ce moment.

— Je m'imagine bien montrer un jour à mon enfant comment préparer un tel gâteau, dit Gabriella en se tournant vers lui.

Elle se concentra de nouveau quelques instants sur les ingrédients qu'elle malaxait dans un saladier, puis s'interrompit une nouvelle fois pour lui demander :

— Quel genre de père voudrais-tu être ?

— Pourquoi ai-je l'impression de devoir répondre à une question d'entretien d'embauche ?

Elle sourit à sa plaisanterie.

— Parce que, dans un sens, c'en est une. Si nous nous marions, reprit-elle avec sérieux, ce ne sera pas comme dans un conte de fées où nous valserons dans le soleil couchant, heureux pour toujours. Nous devons penser à la réalité de ce qui se passerait après avoir dit oui.

— Je comprends, déclara-t-il prudemment.

Elle lui tendit le saladier pour qu'il prenne le relais, presque comme un geste symbolique.

— Alors, quel genre de père serais-tu ? Tu as bien dû y penser ?

— Hum…

Il fixa le mélange dans le saladier, cherchant l'inspiration. En vérité, le plus loin qu'il ait été dans sa réflexion par rapport aux enfants était la volonté de ne pas en avoir. Parce que l'idée de devenir père le terrifiait. Quand il se rappelait combien il avait eu besoin d'affection, d'amour, d'attention, il prenait conscience que c'était tout cela qu'il devrait offrir à son tour. Or il n'était pas sûr de pouvoir le faire, parce qu'on ne lui avait jamais montré comment, et la perspective de ne pas savoir s'occuper correctement de son propre enfant était effrayante. Il avait décidé de ne pas prendre le risque. Le choix n'avait pas été si difficile, car il n'avait jamais eu l'intention de se marier.

Mais tout avait changé à présent…

La panique lui comprimait la poitrine dans un étau. Comment diable pourrait-il devenir père ? L'hypothèse menaçait de l'étouffer par son énormité. Et s'il ne parvenait pas à être le père que tout enfant méritait ? S'il se montrait incapable de donner son amour ? S'il était simplement conditionné pour répéter les erreurs de ses parents ?

— Je suis désolée, dit Gabriella, qui avait dû ressentir son malaise. Je sais que c'est une grande question. Mais c'est important. Si nous nous marions, nous serons amenés, je l'espère, à devenir responsables d'un autre être humain, et c'est une énorme responsabilité. J'ai toujours voulu des enfants, mais seulement si c'était le bon moment dans mon existence pour leur offrir la sécurité, un foyer, ainsi que de l'amour. Je veux qu'ils aient une vie de famille avec deux parents aimants, des frères et sœurs, de grands repas de Noël, des vacances en famille et…

Elle s'interrompit et secoua la tête.

— Je sais que je peins un tableau très idyllique. Il y aura des difficultés, des disputes et de la fatigue en cours de route. Mais je veux tout ça aussi.

Une famille. De vrais repas de Noël. Des vacances tous ensemble. Autant d'événements complètement différents de ce qu'il avait vécu enfant à la cour. Gabriella et lui entourés d'une ribambelle de gamins bruns, avec le large sourire et les fossettes de leur mère…

La vague de panique menaçait à nouveau, et Cesar s'efforça de l'endiguer.

— Je n'ai pas eu de père, poursuivit-elle, et j'en voulais un tellement fort ! Je me suis juré que je n'aurais des enfants qu'avec un homme gentil qui s'occuperait d'eux, serait là pour eux, les protégerait, les porterait sur ses épaules, les aiderait à faire leurs devoirs… Je ne peux pas épouser un homme qui ne sera pas un bon père.

— Heu… je…, commença Cesar en bafouillant.

Bon sang, elle méritait mieux que les platitudes qu'il savait pouvoir débiter ! Il ne voulait pas jouer un rôle, lui fournir des assurances comme le diplomate qu'il était.

— Je ferai de mon mieux, dit-il finalement.

La pauvreté de sa réponse était confondante, et ce n'était sans doute pas ce qu'elle avait envie d'entendre. Il la regarda mettre soigneusement le mélange dans un moule à gâteau, puis décida de se lancer :

— Je me rends compte que je ne défends pas très bien mes intérêts. Que je suis nul, en un mot. Mais il m'est difficile d'imaginer être un bon père, parce que je n'ai pas de modèle. Et je n'ai pas l'imagination nécessaire pour me le représenter.

— Et le tien ?

Cesar hésita, puis haussa les épaules : Gabriella avait le droit à une explication.

— Mes parents ont tout fait par devoir, pour leur royaume. Y compris des enfants. Parfois j'avais l'impression que nous étions un cadeau qu'ils offraient au pays. Ils avaient accompli une de leurs missions. Puis, après notre naissance, il convenait de faire de nous des fils et des filles d'Aguilarez. Nous étions uniquement des princes et princesses, les descendants d'une lignée – pas des enfants, et encore moins des enfants aimés pour qui ils étaient. J'ai donc très peu vu mes parents, et quand je les voyais, cela ressemblait à une audience. C'était comme si je venais au rapport et devais cocher les bonnes cases. Je devais toujours me tenir parfaitement bien.

Il se souvenait encore de l'inconfort des vêtements raides

et rêches, des cheveux parfaitement peignés, des exhortations de la nounou à ne pas gigoter, à articuler, à être poli.

— Et tu étais obéissant ?

— Oui. Surtout quand j'ai compris que ce n'était pas seulement moi qui en subissais les conséquences si je ne l'étais pas, mais aussi les nounous. C'est horrible à dire, mais je me suis également rendu compte que ça me donnait du pouvoir sur elles. C'était toujours plus facile de les persuader de me faire plaisir juste avant une réunion avec mes parents.

— Ton enfance n'a donc été qu'une suite de négociations ?

— La vie est une suite de négociations.

— Peut-être as-tu raison, mais ça ne devrait pas se passer ainsi ! s'exclama Gabriella avec fougue. Surtout pas pour des enfants ! Je ne veux pas que mes enfants deviennent de petits maîtres chanteurs !

— Moi non plus, affirma-t-il avec sincérité. Si j'ai des enfants, je ferai de mon mieux, Gabriella. Pour taper dans un ballon, leur apprendre à faire du vélo ou à confectionner un gâteau. J'essaierai d'être là pour eux.

D'une manière ou d'une autre, il allait vaincre la terreur qui lui tordait le ventre, cette atroce peur de mal faire. Après tout, songea-t-il pour se motiver, Cesar Asturias n'avait peur de rien.

— Merci, dit-elle avec un adorable et doux sourire. Parfois, tout ce que nous pouvons faire est de faire de notre mieux.

Il saisit le moule à gâteau et le mit au four, qu'ils avaient fait préchauffer.

— Comme notre conversation est devenue une sorte d'interview, j'ai moi aussi une question à poser. Nous pourrions peut-être prendre un café pendant que le gâteau cuit et bavarder tranquillement.

Gabi avait la tête qui tournait à essayer de traiter les informations que Cesar lui avait données sur son enfance. Froide, destructrice, triste : tous ces mots se bousculaient dans son esprit. Elle aurait voulu lui offrir du réconfort, mais elle savait qu'une telle démarche ne serait pas bien accueillie.

Elle s'installa à la table et attendit qu'il ait préparé le café, tandis que l'odeur riche et profonde du chocolat commençait à envahir la cuisine. Cesar leur en servit ensuite deux tasses puis s'assit en face d'elle.

— Je t'écoute, dit-elle.

— Il y a quelque chose dont nous n'avons pas parlé. Mes relations ont toutes été rendues publiques à cause des paparazzis, mais nous n'avons jamais évoqué ta vie sentimentale. Je n'essaie pas d'être indiscret, mais j'ai besoin de savoir si des ex enamourés, intéressés ou furieux vont sortir du bois.

Gabriella ne put retenir un petit ricanement sarcastique.

— J'ai eu deux relations. Toutes deux sérieuses, à l'époque.

Même si aujourd'hui tout cela lui semblait bien loin, presque irréel.

— Dis-moi.

Les mots étaient un peu brusques et, pendant un désagréable moment, Gabriella se demanda si cela le contrariait. Puis son cerveau lui ordonna de ne pas être stupide. Cesar se moquait de ses ex – tout comme elle se moquait des siennes, n'est-ce pas ?

Non, si elle voulait être franche avec elle-même, elle ne s'en moquait pas… Non pas parce qu'elle était jalouse, mais parce que celles-ci la faisaient se sentir pas à la hauteur. Pendant un instant, une image de sa dernière petite amie, Lady Amelia Scott-Browne, s'imposa à son esprit – même si elle savait qu'ils avaient rompu. Lady Amelia était si sûre d'elle, si belle, toujours élégante, sachant quel couteau et quelle fourchette utiliser, comment se placer face aux objectifs des photographes.

Gabi se secoua, et elle réalisa que Cesar attendait toujours sa réponse.

— Steve et Paul, dit-elle en convoquant des souvenirs de chacun d'eux.

Steve, blond, les yeux bleus, de taille moyenne, visage enfantin ; Paul, brun, yeux noisette, visage anguleux, cheveux longs, regard doux.

— Tous les deux étaient de gentils garçons, mais ça n'a marché avec aucun. J'ai rencontré Steve très peu de temps après le décès de mon oncle et de ma tante. J'étais encore dévastée par le chagrin et je le surmontais en me jetant à corps perdu dans le travail. Je me suis tellement investie dans la librairie qu'il a fini par être frustré. Il voulait une petite amie qui lui aurait accordé plus de temps. Notre rupture m'a rendue triste, mais j'ai compris ses raisons.

Cesar fronça les sourcils.

— Il aurait pu te soutenir, non ? Comprendre combien c'était difficile pour toi.

— Peut-être, murmura Gabriella, pensive. Mais j'étais vraiment obsédée par le boulot et j'aurais dû passer plus de temps avec lui. Ça a été pareil avec Paul. Il voulait que je ralentisse. Nous désirions tous les deux les mêmes choses, mais nous avions des idées différentes sur la manière de faire fonctionner notre couple. Il pensait que, lorsque nous serions mariés, je vendrais la librairie, ou du moins que je déléguerais davantage. Or je ne voulais pas. Finalement, ils ont tous les deux tourné la page.

— Mais tu les as aimés ?

Gabriella replongea dans le passé. Les avait-elle aimés ?

— J'ai sincèrement cru que nous étions compatibles, que nous pourrions élever des enfants ensemble, et avoir une vie de famille équilibrée et heureuse. Mais il s'est avéré que je n'étais pas assez bien pour eux.

Alors comment diable pourrait-elle être assez bien pour le prince Cesar d'Aguilarez ? Les doutes lui grignotaient le cerveau. Elle avait été avec Steve durant dix-huit mois, et deux ans avec Paul. Si c'était la durée pendant laquelle

elle était capable de garder un homme normal, quel espoir avait-elle avec un homme comme Cesar ?

Le four tinta, indiquant que le gâteau était prêt. Gabi faillit en soupirer de soulagement…

9.

Cesar vérifia son reflet dans le miroir, s'assura que sa cravate était droite et son costume impeccable. Bien que le mariage de Tia et Antonio, le demi-frère de Gabriella, soit privé, des photographes couvriraient l'arrivée et le départ des invités – un fait qu'il avait l'intention d'utiliser à son avantage. Le sien et celui de Gabriella.

Il roula des yeux, constatant que l'évocation de la future reine de Casavalle faisait apparaître sur ses lèvres un petit sourire niais. Il en avait assez de se sentir comme un adolescent empoté, alors qu'il devrait plutôt se sentir conquérant puisque sa stratégie maritale fonctionnait parfaitement.

Se détournant du miroir, il sortit de ses appartements. Dans la cour, sa limousine l'attendait. Le chauffeur lui ouvrit la portière et alla ensuite s'installer au volant. Cesar avait prévu de rencontrer Gabriella avant la cérémonie, afin qu'ils puissent faire le chemin jusqu'à la chapelle ensemble.

Quarante-cinq minutes plus tard, il était au palais royal de Casavalle. Il salua les photographes qui guettaient les invités et posa pour eux durant une bonne minute. Puis il se laissa guider jusqu'à Gabriella.

Lorsque le majordome ouvrit la porte et que Cesar vit la jeune femme, l'air se bloqua dans ses poumons. Elle était somptueuse ! Sa robe était parfaite pour l'occasion, bleu marine, simple dans sa coupe structurée et son décolleté discret, mais rendue originale par ses manches évasées. Les cheveux châtains de la princesse tombaient librement sur ses épaules.

— Tu es éblouissante, dit-il avec simplicité et sincérité.

— Je dois admettre que j'ai des doutes. La mode n'a jamais été mon truc.

— Cette robe magnifique te va à ravir, lui assura-t-il.

— Tu n'es pas mal non plus, lui retourna-t-elle avec un sourire.

— À part peut-être les cernes sous mes yeux. J'ai veillé tard pour lire.

— C'est vrai ? s'exclama Gabriella, l'air enchanté.

— C'est vrai. Tu as bien choisi, merci.

En vérité, cela avait commencé comme des devoirs : il voulait prouver à Gabriella qu'il avait essayé. Il avait décidé de lire un chapitre. Cependant, à son grand étonnement, le livre l'avait saisi, et quand il en avait relevé la tête, gagné par la fatigue, la nuit était déjà bien avancée. Il avait jugé plus sage d'éteindre la lumière.

— Je suis contente.

— Tiens, dit-il en sortant une boîte de la poche de sa veste, je t'ai apporté ceci.

Elle l'ouvrit et découvrit un mini-bouquet de fleurs conçu pour être épinglé à sa robe.

— Elles viennent des jardins du palais d'Aguilarez. C'est moi qui les ai choisies.

Le regard brun de Gabriella sonda le sien, comme si elle voulait lire au fond de son âme.

— Si je le porte, cela enverra un message romantique subtil que la presse pourra capter. Et cela pourrait aussi être vu comme un symbole de l'amitié entre nos pays. Un excellent accessoire pour notre double jeu, conclut-elle froidement.

— C'est ce que j'ai pensé, oui. J'espérais également qu'elles te plairaient. Quelque chose ne va pas ?

Gabriella sembla se détendre.

— Oui… Non… C'est juste que j'ai du mal à me faire à

ces histoires d'alliance politique et de fausse romance. Nos deux derniers rendez-vous étaient différents, plus privés. Aujourd'hui, beaucoup d'yeux pourraient se braquer sur nous ; je préférerais qu'ils se concentrent sur le mariage d'Antonio et Tia.

— Hé, détends-toi, Gabriella ! lui lança-t-il d'un ton léger. Il y aurait de toute façon un intérêt autour de toi indépendamment de notre supposée romance. Et de ce que je sais d'Antonio, il sera plus qu'heureux que l'attention soit détournée de lui.

Elle prit une grande inspiration.

— Tu as sans doute raison, approuva-t-elle.

— Et maintenant, laisse-moi épingler mon petit bouquet à ta robe.

Il se dirigea vers elle, conscient de son pouls qui s'accélérait. Il accrocha soigneusement la composition florale. Enivré par le parfum de Gabriella, il ferma les yeux un court instant, les sens en fusion. Il perçut le petit frisson qui parcourait son corps de rêve et sut qu'elle ressentait la même excitation que lui.

— On y va ? proposa-t-elle d'une voix rauque en reculant d'un pas. J'ai dit que nous retrouverions tout le monde dans la salle de réception avant d'aller tous ensemble à la chapelle. Antonio y est déjà, avec Luca. Mais les autres invités sont ici.

— Tia, sa mère Grace Phillips, Miles Montague…, égrena-t-il.

— J'ai trouvé ça si mignon que le secrétaire du palais tombe amoureux de la mère de Tia, intervint Gabriella, les yeux brillants. Tellement romantique ! Antonio a également invité Gina et Enrico, des membres appréciés du personnel du palais, et Tia a convié ses anciens employeurs londoniens, Lucia et Giovanni. Ils sont adorables.

Elle le regarda avec malice et déclara d'un ton moqueur :

— Et bien sûr, le prince Antonio Valenti ne pouvait pas ne pas inviter l'éminent prince Cesar Asturias, représentant la couronne d'Aguilarez, dont la cavalière sera la princesse Gabriella… Pour vous servir !

Elle termina sa tirade par une fausse révérence désopilante et Cesar éclata de rire.

— Pour la remercier, déclara-t-il, j'ai prévu un autre rendez-vous galant, juste après le mariage. Nous allons survoler nos deux pays en avion.

— Une autre leçon d'histoire-géographie ?

— Surtout un endroit sans journalistes ni paparazzis ! Rien que nous deux. Donc si tu te sens angoissée à cause de la presse aujourd'hui, pense à cette escapade et cela te réconfortera.

— Merci !

Son large sourire semblait sincère. Cesar ressentit une douce satisfaction en se disant que, grâce à lui, toute trace de tension avait disparu de son visage d'ange.

En entrant dans la salle de réception, Cesar sourit à Tia Phillips, qu'il avait brièvement rencontrée au bal de présentation de Gabriella. Vêtue d'une robe blanche flottante toute simple, elle rayonnait d'un éclat impossible à ignorer. Son bonheur était évident, tout comme sa fierté d'attendre un enfant, illustrée par la main protectrice posée sur la courbe de son ventre.

Ce mariage avait été voulu discret et en petit comité afin de ne pas prêter plus encore que ce n'était le cas le flanc aux rumeurs, aux médisances et aux spéculations. Le royaume de Casavalle avait déjà été secoué par la rupture des fiançailles du prince Luca, et voilà que son frère Antonio épousait une femme enceinte de ses œuvres !

Cesar salua les uns et les autres, et bavarda avec tout le monde jusqu'à ce que le petit groupe se mette en marche en direction de la chapelle. Il fallait traverser une vaste cour, et c'était le moment où les photographes pourraient les mitrailler au téléobjectif. Cesar espérait qu'ils repèrent les fleurs épinglées à la robe de Gabriella et notent la proximité entre eux – un gros plan sur le contact entre leurs mains servirait à merveille sa stratégie ! Pourtant, alors même que celle-ci se déroulait sans anicroche, une sorte de malaise lui laissait un arrière-goût amer dans la bouche. Il prenait beaucoup de plaisir à fréquenter Gabriella – beaucoup *trop* ? D'autre part vibrait en lui un étrange désir de la protéger, mélangé à un autre, plus animal, plus primitif.

En entrant dans la chapelle, Gabriella poussa une exclamation émerveillée à côté de lui.

— C'est tellement beau ! murmura-t-elle.

Tia se tourna vers sa mère, l'air bouleversé.

— C'est magnifique, maman ! Merci.

Grace retourna à sa fille un sourire radieux. La fierté se lisait dans ses yeux. Cesar ressentit un petit pincement au cœur : sa propre mère ne l'avait jamais regardé comme ça ; personne ne l'avait regardé ainsi au cours de sa vie. À côté de lui, il sentit Gabi se crisper. Il savait que sa mère lui manquait.

— De rien, ma chérie, répondit Grace. Mais je n'aurais rien pu faire sans Miles.

Ce dernier sourit à sa compagne avec une expression pleine de chaleur et d'affection. La maman de Tia souffrait de fatigue chronique, une maladie méconnue et pourtant très handicapante. Ses remerciements à Miles Montague n'étaient donc pas de pure forme.

« Dans la maladie et dans la santé », prononcerait sans doute le prêtre afin que les futurs époux le répètent. Des mots que Cesar avait l'intention de dire au plus vite à la femme qui s'installait avec lui au premier rang de la chapelle en ce moment même, à côté de sa meilleure amie Imogen, et non loin de la reine Maria.

Cesar posa les yeux sur Antonio, debout devant l'autel, droit et fier, tout entier concentré sur sa fiancée qui remontait l'allée centrale au bras de sa mère. Le prince Antonio Valenti, un militaire, n'avait pas l'habitude de montrer ses émotions, mais son regard en disait long. Impossible d'imaginer un mariage de convenance, une union organisée pour sauver l'honneur et la réputation de la maison Valenti. Cela lui fut confirmé par la façon dont Tia et Antonio se dévorèrent du regard durant la cérémonie, puis par l'échange des vœux, comme si chaque mot comptait, comme si l'amour avait dicté chaque syllabe.

Cesar gigotait d'un pied sur l'autre, inexplicablement de plus en plus mal à l'aise. Il se sentait mesquin de jouer la romance avec Gabriella alors qu'il était entouré de sentiments sincères. Car il n'y avait pas que les mariés : Luca et Imogen se tenaient la main d'une façon émouvante, Grace et Miles ne cessaient de se jeter des coups d'œil à la dérobée… Il se dit que Gabriella aussi devait être touchée par cette aura d'amour autour d'eux lorsqu'il décela un soupçon de mélancolie dans son sourire.

Pendant un instant, il se demanda s'il n'aurait pas dû ravaler ses scrupules et faire semblant de lui offrir de l'amour, vaporiser de l'eau de rose sur leur histoire. Mais comment cela aurait-il pu fonctionner ? Comment construire une union sur l'illusion et la tromperie, puis être capable de maintenir cette illusion pendant des décennies ?

Il n'avait ni le désir ni la capacité de ressentir un véritable attachement. On ne lui avait jamais montré, jamais appris, son éducation avait même eu pour but d'éradiquer les émotions et le sentimentalisme : comment aurait-il pu tomber amoureux ? Et puis, pourquoi donner à quelqu'un ce genre de pouvoir sur soi ? Non, mieux valait qu'ils se marient tous les deux avec le même objectif, c'était la meilleure façon de construire un partenariat durable.

— Vous pouvez embrasser la mariée, annonça le prêtre.

Cesar reporta son attention sur la scène qui se déroulait sous ses yeux. Antonio se pencha en avant et, doucement, rayonnant d'admiration comme si Tia était la personne la plus fragile et la plus précieuse sur cette terre, il l'embrassa.

Autour de lui, Cesar pouvait entendre les respirations saccadées ; il ne doutait pas qu'il y avait une larme au coin de chaque œil (excepté le sien) alors qu'une cascade de musique sacrée ruisselait dans la chapelle.

Le couple redescendait l'allée, main dans la main, les visages illuminés, et bientôt le petit groupe de convives les suivit.

— C'était magnifique, lui chuchota Gabriella.

Il perçut une sorte de regret dans sa voix. Il savait qu'elle ne parlait pas de la robe ni des fleurs. Elle parlait de l'amour qui imprégnait l'atmosphère.

Et qu'il ne pouvait pas lui offrir…

Gabi ne se lassait pas d'admirer la magnifique décoration de la salle de réception où Antonio et Tia avaient convié leurs invités. Il était évident que Grace Phillips avait voulu rendre cet événement singulier et inoubliable pour sa fille. Et elle avait réussi. Toute la pièce était parée sur le thème couleur du vert et du blanc, avec une subtile utilisation de fleurs blanches et de feuillages. C'était d'une beauté presque éthérée, délicate, mais aussi fraîche et gaie.

Quelques mois auparavant, Gabi ne connaissait aucune des personnes présentes ici – à la notable exception d'Imogen, sa meilleure amie. Elle ignorait même l'existence de ce palais. Aujourd'hui, elle avait une famille : deux frères, une nouvelle belle-sœur désormais, et bientôt elle serait tante.

Elle chercha Cesar du regard. Il discutait avec Antonio, l'air détendu et souriant, toujours aussi sexy. Et dire que cet homme voulait qu'elle devienne son épouse et la mère de leurs enfants ! L'idée était tellement surréaliste qu'elle ferma les paupières. Aussitôt, une image la frappa : un petit garçon aux cheveux bruns avec les yeux marron de Cesar.

— Tout va bien ?

Elle rouvrit les paupières et se retrouva face à Imogen.

— Oui, très bien. Et toi ?

Imogen fixa le ventre rebondi de Tia durant quelques secondes.

— Oui. Je suis heureuse pour Tia. Vraiment. Quant à nous, Luca affirme que nous trouverons un moyen de fonder une famille, si c'est ce que nous voulons. Mais si ça ne marche pas, il dit que je lui suffis largement. Et ce qui est merveilleux, poursuivit son amie avec un large sourire, c'est que je sais qu'il le pense sincèrement, parce que je ressens la même chose.

Gabi savait que ce serait plus facile pour Luca et Imogen, maintenant que son demi-frère avait abandonné toute prétention sur le trône. Il aurait moins de pression, ne serait pas tenu de donner un héritier à la lignée des Valenti. Peut-être Cesar avait-il raison, après tout, et l'amour était-il plus susceptible de prospérer si vous n'étiez pas un souverain ou un chef d'État.

Imogen intercepta le regard qu'elle avait posé sur Cesar. Elle le désigna d'un mouvement de tête.

— Que se passe-t-il avec le beau Cesar, Gabi ? J'ai vu les spéculations qui circulent dans la presse, mais j'ai appris à ne pas les prendre pour argent comptant.

— Nous passons juste un peu de temps ensemble.

Son amie haussa les sourcils ; ses beaux yeux bleus reflétaient l'incrédulité

— Il y a donc une part de vérité dans ce que racontent les magazines people ?

— Non... oui..., bafouilla-t-elle. C'est... compliqué.

— N'est-ce pas toujours le cas avec les princes ? dit Imogen en souriant.

Gabi se sentit rassurée par l'humour et la légèreté de son amie. Après tout, la vie d'Imogen avait aussi complètement changé, et elle ne l'avait jamais vue plus heureuse. Mais cette dernière était amoureuse, et son fiancé le lui rendait bien. Alors que, dans son cas, il n'était pas question d'amour mais d'une négociation. Chaque rendez-vous était enveloppé dans l'illusion de la romance.

Avant qu'elle ait pu répondre à Imogen, Luca et Cesar les avaient rejointes. Antonio tapota avec une cuillère contre son verre. Une fois que le bourdonnement des conversations se fut calmé, il commença à parler d'une voix forte :

— Comme vous le savez tous, nous avons décidé de garder cette cérémonie privée. Tia et moi voulions quelque chose de simple avec seulement des amis et la famille. Nous avons également décidé de renoncer aux habituels discours, mais je tiens à dire brièvement à quel point je suis heureux. Tia est tout pour moi et j'ai hâte d'accueillir notre bébé. Mon seul regret est que mon père ne soit pas là, ni le frère de Tia, Nathan, mon meilleur ami. Il est mort dans l'exercice de ses fonctions. J'aurais été honoré de l'avoir comme témoin.

Il leva son verre et porta un toast :

— À ceux que nous avons perdus. À nos chers disparus.

Gabi leva elle aussi son verre, assaillie par le chagrin. Elle pensait au père qu'elle n'avait jamais connu, à sa mère dont elle se souvenait à peine, sauf comme une voix insaisissable, un parfum, une sensation de bras autour d'elle ; elle pensait à son oncle et à sa tante, qui l'avaient recueillie par devoir mais qui ne l'avaient pas abandonnée, lui avaient donné un toit, de la nourriture, mais aussi de l'amour, à leur façon. Elle eut aussi une pensée pour Nathan, le frère de Tia, fauché de façon tragique dans la fleur de l'âge.

Cesar se rapprocha d'elle. Ce simple geste la réconforta. Tia fit un pas en avant et prit la parole à son tour :

— Nathan me manque plus que je ne peux l'exprimer. Mais je sais exactement ce qu'il dirait en cet instant. Il voudrait que nous allions de l'avant et que nous fassions la fête, que nous appréciions ce que nous avons et que nous profitions du moment présent. Il serait ravi que son meilleur ami épouse sa petite sœur ; d'ailleurs, je crois que d'une manière ou d'une autre, quelque part, il le sait et nous donne sa bénédiction. Je voudrais également lever mon verre à ma mère, qui est la mère la plus aimante et la plus merveilleuse qu'une fille puisse espérer.

Tout le monde leva son verre en direction de Grace, qui

était écarlate. Puis les serveurs circulèrent avec des plateaux garnis de canapés et d'amuse-bouches tandis qu'un DJ jouait une musique d'ambiance. Une heure plus tard, il fut temps pour les mariés de quitter la fête pour partir en voyage de noces.

Gabi s'avança et les prit à tour de rôle dans ses bras.

— Je suis tellement heureuse pour vous deux !

— Merci, grande sœur, répliqua Antonio, taquin.

— Ça fait toujours bizarre de t'entendre dire ça ! s'exclama-t-elle.

— C'est pourtant vrai. Gabi…, ajouta-t-il plus bas d'un ton sérieux, suis ton cœur et ne laisse personne te mettre la pression. Tu n'as pas besoin de rechercher l'adhésion de qui que ce soit. Les choses ont changé dans la famille Valenti. Le devoir est important, mais pas au détriment de ton bonheur.

Gabi se demanda s'il connaissait ou soupçonnait les plans de Cesar. Peut-être que, pour un membre d'une famille royale, ils étaient clairs.

— Merci. Passez une merveilleuse lune de miel.

Les mariés à peine partis, Cesar s'approcha d'elle.

— On y va ? Prête pour l'aventure ?

Lorsque le petit avion de tourisme se stabilisa au-dessus de la beauté verdoyante de Casavalle, Cesar se défit complètement de la tension accumulée durant le mariage. C'était un soulagement de voler loin au-dessus de tout cet amour parsemé de confettis, et un plaisir exquis de voir l'expression émerveillée de Gabriella, qui contemplait la vue par la vitre. Il voulait la voir sourire ; il savait que, comme pour lui, le mariage de son frère avait fait naître des émotions contradictoires en elle. Les bouquets d'arbres d'un vert profond qui parsemaient les collines enneigées, les crêtes et les pics brumeux des montagnes nimbées de magie d'Aguilarez, au loin, lui apportaient un sentiment de joie profonde.

Pendant un long moment, on entendit seulement le moteur

de l'avion tandis que tous deux se gorgeaient de la beauté du paysage.

— C'est impressionnant, murmura Gabriella. Prendre de la hauteur, mettre en perspective... Je me sens libre. Si je le voulais, je pourrais enlever mes bottes, remuer mes orteils et personne ne me dirait que j'enfreins le protocole royal. Je pourrais même peindre mes ongles en rouge écarlate.

— Si tu me l'avais dit, j'aurais apporté du vernis à ongles.

Elle répondit à sa plaisanterie par un sourire triste.

— C'est fou, vraiment. Je n'ai jamais voulu me vernir les ongles en rouge vif. C'est seulement maintenant que je sais que je ne peux pas...

— Cela deviendra plus facile lorsque ta position sera mieux établie, une fois que tu te seras habituée à toutes les règles. Alors, tu seras capable de trouver celles que tu peux enfreindre. Et tu apprendras l'exigence royale la plus importante : comment porter un masque.

— C'est ce que tu as fait, aujourd'hui ?

La question le prit au dépourvu.

— Que veux-tu dire ?

— Au mariage, j'ai eu l'impression que tu étais... pas exactement mal à l'aise, mais que tu aurais préféré être ailleurs.

Il ne put cacher sa surprise. Comment diable Gabriella avait-elle remarqué cela ? Lui qui se croyait un diplomate habile dans l'art de feindre...

— J'ai trouvé l'événement... un peu déconcertant, admit-il après une hésitation. J'ai eu du mal à croire ce que je voyais tant les princes Valenti se comportaient d'une manière qui ne leur ressemble pas. Je savais que l'atmosphère à la cour avait changé depuis la mort du roi Vincenzo, mais je ne m'attendais pas à voir Antonio, habituellement si réservé, montrer ainsi son bonheur. Et Luca est différent depuis qu'il est fiancé à Imogen.

— Tu désapprouves leur attitude ?

— Ce n'est pas à moi d'approuver ou de désapprouver. C'était juste surréaliste.

— Je pense que ça a pris mes deux frères par surprise. Aucun d'eux n'avait l'intention de tomber amoureux. Et peut-être que cela pourrait t'arriver à toi aussi, ajouta-t-elle d'une voix étrange, mi-taquine, mi-sérieuse.

Cherchait-elle à le sonder ? Il fallait qu'elle sache que, si elle l'épousait, elle ne devait pas se faire d'illusions ni espérer l'amour.

— Non, asséna-t-il avec fermeté. Cela ne m'arrivera pas.

— Je ne comprends pas comment tu peux en être si sûr. Comme tu l'as dit toi-même, Luca et Antonio ont tous deux changé d'avis sur l'amour.

Cesar soupçonnait que Luca et Antonio avaient été capables de montrer de l'amour, d'en ressentir, parce que leur éducation, bien que comme la sienne guidée par le sens du devoir, n'avait pas laissé les émotions de côté. Certes, le roi Vincenzo n'était pas très chaleureux, mais il avait connu l'ivresse de l'amour avec la mère de Gabriella, et il avait eu une belle relation avec la reine Maria. Celle-ci semblait un peu plus douce que sa propre mère ; il lui était arrivé, avait-il entendu dire, de manifester des sentiments envers ses enfants. Elle leur avait peut-être fait croire à la possibilité de l'amour.

— Je ne suis pas fait comme eux.

— Et si, toi aussi, tu changeais d'avis ?

Soudain, comme si elle avait lu quelque chose dans son regard, elle écarquilla les yeux et mit la main devant sa bouche grande ouverte.

— Oh ! mon Dieu ! Ne me dis pas que tu crois que je parle de moi ! De nous. Je voulais dire : et si tu tombes amoureux de quelqu'un d'autre, pas de moi ! Comme c'est arrivé à Meribel.

Gabriella paraissait vraiment paniquée à l'idée qu'il ait pu penser qu'elle prêchait pour sa paroisse. Cesar fronça les sourcils : pourquoi supposait-elle qu'il était possible qu'il tombe amoureux, mais pas d'elle ?

— Cela n'arrivera pas.

Comment la convaincre qu'il en avait l'absolue certitude ?

— L'amour n'est pas dans mon vocabulaire, reprit-il, pas dans mon dictionnaire, pas dans mon lexique. Je sais que Luca dit que ma sœur n'a rien fait de mal, qu'il n'y a rien à pardonner. Il croit désormais que l'amour l'emporte sur le devoir… Bien que je respecte cette croyance, je ne suis pas fait comme ça. Regarde le désordre causé par les choix de Meribel, dictés par l'amour !

Il était présent lorsque Luca avait rencontré sa sœur pour arranger les choses, après la désertion de celle-ci la veille de ses noces. Il avait admiré l'éloquence et la générosité du prince Valenti. Contrairement à l'aîné des princes de Casavalle, lui n'avait pas choisi le mariage. Il en avait en revanche accepté la nécessité et, maintenant qu'il regardait Gabriella, il n'avait plus l'impression d'être condamné à vie, mais plutôt que leur association pourrait avancer.

— Je crois vraiment qu'un mariage fonctionne mieux sans amour, insista-t-il. Si Meribel n'avait pas rencontré Dana, n'était pas tombée enceinte, si le mariage avec Luca avait eu lieu comme prévu, alors tous deux auraient été heureux ensemble.

— Mais pas aussi heureux qu'ils le sont maintenant.

Cesar haussa les épaules et tourna le regard vers le panorama grandiose qui s'offrait à eux.

— Qui sait ? L'amour charrie ses propres risques, de perte et de chagrin. Il complique la vie. Si nous nous marions, tu n'as pas à craindre que je tombe amoureux de quelqu'un.

Il avait mis malgré lui une pointe de dédain dans sa voix, qu'il s'empressa d'adoucir :

— Je ne serai pas infidèle. Je serai l'homme d'une seule femme. Ton homme.

Il se tut, avec la conscience aiguë que ses mots ressemblaient à une promesse sacrée. En la regardant contempler un pays qu'elle allait bientôt gouverner, il fut à nouveau frappé par sa beauté. La vulnérabilité et le doute qu'il lisait dans ses yeux bruns attisaient le désir viscéral qui fourmillait dans tout son corps.

— Comment peux-tu affirmer cela ? Tu as pour habitude de changer souvent de partenaire, et chaque nouvelle conquête est plus belle que la précédente. Comment passerais-tu d'une vie de play-boy à celle d'homme marié ?

Cesar se passa la main dans les cheveux, déstabilisé par la pertinence de la question.

— Ce ne sera pas un problème, dit-il platement.

— Facile à dire ! Il y a quelques semaines, tu avais une relation avec Amelia Scott-Browne. Elle coche toutes les cases, elle a tout pour elle, et pourtant tu sembles l'avoir oubliée remarquablement vite.

— Ce n'était pas une histoire sérieuse. Nous avons vécu de bons moments, j'appréciais sa compagnie, rien de plus. Je ne l'ai pas oubliée, mais cette rupture ne m'a pas brisé le cœur. Je n'ai pas eu de chagrin à surmonter.

Tandis qu'il parlait, les images de sa séparation avec Amelia l'assaillirent. Et cela ne s'était pas du tout passé comme prévu…

Ce jour-là, Amelia était comme d'habitude tirée à quatre épingles, d'une classe folle dans son tailleur de grand couturier.

— Nous avons vécu des instants agréables, n'est-ce pas ? avait commencé Cesar. Nous nous sommes donné beaucoup de plaisir. Mais c'est le bon moment pour y mettre un point final. Je dois retourner dans mon pays pour aider à résoudre quelques problèmes.

— Je peux attendre.

À ces mots, il avait compris que sa tâche allait être plus difficile qu'il ne l'avait imaginé.

— C'est peut-être le bon moment pour parler de commencement, pas de fin, avait poursuivi Amelia, exaltée. Je veux t'épouser, Cesar. Je t'aime et je crois que tu m'aimes.

Pourtant, il avait décelé dans ses yeux verts de l'expectative plutôt que de l'amour – à moins qu'il n'y ait vu que ce qu'il avait voulu y voir…

— Je ferai une excellente épouse d'ambassadeur. Je sais rester à ma place, j'ai de la conversation et je suis douée avec les gens. Nous formerions un couple parfait !

Tandis qu'il écoutait Amelia, son cerveau s'était mis à tourner. Il aurait le temps de s'en vouloir plus tard de son manque de prévoyance, il devait limiter les dégâts.

— Je suis désolé, Amelia, mais je ne t'épouserai pas. Il n'est pas question d'amour, entre nous. Tu l'as toujours su.

— Je… Je me disais que lorsque tu verrais à quel point je te comprends, je comprends tes besoins, tu changerais d'avis. Pense à tout ce que je peux t'apporter, Cesar.

— Je ne doute pas que tu ferais une excellente épouse, Amelia, pour un ambassadeur ou pour n'importe quel homme de ton rang. Mais tu sais très bien que je n'ai jamais eu l'intention ou le désir de me marier. Et si je le fais un jour, ce sera uniquement pour le bien de mon pays. C'est ainsi. J'aimerais que nous nous séparions en bonne intelligence.

Ses pupilles s'étaient rétrécies en un regard calculateur.

— Ce n'est pas le bon moment pour qu'un nouveau scandale touche ton royaume…, avait-elle déclaré.

La menace est claire, avait-il pensé. *Et l'amour a disparu derrière le chantage.*

— En effet. Mais à moyen terme, un scandale te nuirait plus qu'à moi. Parce que nous ne serions pas mariés, et que ta réputation en souffrirait. Me causer du tort rebuterait beaucoup de prétendants…

Elle avait écarquillé les yeux, puis s'était rapidement reprise et lui avait souri – un de ces sourires de façade qu'il connaissait bien.

— Tu m'as mal comprise. Tu sais bien que jamais je ne te

mettrais dans l'embarras. J'espère que nous pourrons rester amis, avait-elle conclu entre ses dents serrées.

Cesar avait très peu pensé à Amelia depuis cette scène, d'autant qu'il avait été très occupé à Aguilarez. Et ces derniers temps, son esprit était focalisé sur Gabriella, qui le fixait avec une expression troublée.

— Donc, tu es le genre d'homme qui peut s'en aller sans regret, juste passer à autre chose ?

— Oui. J'ai toujours été franc à l'égard des femmes avec lesquelles j'ai eu une relation, toujours annoncé que je ne pourrais pas leur offrir une histoire durable ni sérieuse.

— Mais si c'était devenu plus profond ? Si vous aviez commencé à avoir des sentiments l'un pour l'autre ?

— Je ne sais pas, dit-il simplement. Cela n'est jamais arrivé.

Ou plutôt : il avait *fait en sorte* que cela n'arrive jamais. Il s'était attaché à maintenir chaque histoire dans un cadre léger et superficiel. Pourquoi risquer de blesser ou d'être blessé ?

— Mieux vaut prévenir que guérir, ajouta-t-il.

— Tu parles de l'amour comme d'une maladie, d'un mal que tu as dû éviter.

— Ce n'est pas une maladie, mais une folie que j'ai été heureux d'éviter.

Gabriella semblait horrifiée par ses propos. Elle en avait oublié d'admirer les paysages qu'ils survolaient.

— Toutes ces femmes, Lady Amelia et les autres, elles ne signifient rien pour toi ? Elles étaient *insignifiantes*. Et pourtant, tu penses que tu peux endurer un mariage !

— Ces femmes n'étaient pas insignifiantes, répliqua-t-il, agacé. Je les appréciais, elles m'appréciaient. Nous avons passé du bon temps ensemble, nous nous sommes amusés. Mais il n'était pas question de construire un avenir commun. Je l'ai dit clairement dès le début et elles étaient tout à fait d'accord.

Avec toi, les règles sont différentes. Un avenir commun est le point de départ.

— Donc tu m'offres le forfait mariage, qui inclut la fidélité et le long terme, lança-t-elle, sarcastique.

— Exactement. Et j'ai bien l'intention d'en faire un partenariat durable.

Cesar grimaça intérieurement : sa proposition n'était pas très attirante, il en avait conscience. Pouvait-il rendre cela plus… sexy ?

— Je propose également que nous nous amusions, reprit-il d'un ton plus badin. Et, bien sûr, que nous fassions l'amour.

Son changement de tactique déconcerta visiblement Gabriella, qui hoqueta.

— Tu ne t'attends tout de même pas à ce que je t'épouse dans la perspective d'inoubliables parties de jambes en l'air ? le provoqua-t-elle.

— Pas seulement pour cela, rétorqua-t-il du tac au tac. Mais ce serait un bonus. Un *gros* bonus…

Il décocha à Gabriella un clin d'œil comique qui la fit s'esclaffer.

— Je ne peux pas croire que tu aies dit ça, soupira-t-elle en secouant la tête, l'air amusé.

Cesar poursuivit son petit jeu sur le même ton :

— Pourquoi pas ? Dans une négociation, il est important de souligner les avantages offerts.

Puis il riva son regard au sien et poursuivit avec sérieux :

— Je pense que c'est important. Que l'attraction entre nous est une bonne chose.

Il était persuadé de cela. Il avait constaté autour de lui comment l'absence de passion entraînait la froideur, l'indifférence, pouvait créer une atmosphère sans joie.

Comme Gabriella restait silencieuse, il reprit la parole :

— Je peux t'offrir de l'affection, du respect, du soutien, de la fidélité, du plaisir et du sexe. Mais je ne peux pas t'offrir l'amour. Donc, si c'est ce à quoi tu aspires, notre mariage sera un échec.

Ça passe ou ça casse ! songea Cesar. Il se rendit compte qu'il était tendu, dans l'attente de la réponse de Gabriella. Il espérait qu'elle verrait que son offre était meilleure que les incertitudes et les aléas de l'amour. Elle se détourna et regarda vers l'extérieur.

Il retint sa respiration.

Gabi distinguait à la fois les montagnes majestueuses d'Aguilarez et le vert des collines de Casavalle. Leurs deux pays étaient séparés par une frontière, et bien plus encore, même s'ils partageaient la même île entourée d'une mer d'un bleu profond. Ils partageaient surtout une histoire, basée sur une amitié mais aussi une hostilité qui avaient traversé les siècles. Il y avait eu des alliances scellées par des mariages dans le passé : nul doute qu'elle n'était pas le premier souverain de Casavalle à s'interroger sur l'importance des sentiments dans une union…

Elle s'était toujours imaginé se marier par amour, mais maintenant… Ses rêves romantiques s'estompaient. « De l'affection, du respect, du soutien, de la fidélité, du plaisir et du sexe », avait proposé Cesar. Il y aurait tellement de choses à dire à ce sujet ! Tellement d'arguments contre. Néanmoins, elle ne pouvait balayer d'un geste la perspective d'avoir à ses côtés quelqu'un qui l'aiderait à supporter la charge et la responsabilité d'avoir à gouverner un royaume, un prince qui comprenait comment tout cela fonctionne. En acceptant, elle contribuerait à consolider les liens entre leurs deux pays – de quel poids cela pesait-il face à son besoin d'amour ?

Et puis pourrait-elle jamais trouver l'amour, à partir de maintenant ? Comment savoir si elle serait aimée pour elle-même ou pour son statut de reine ? Même si un homme tombait *vraiment* amoureux d'elle, comment pourrait-elle s'attendre à ce qu'il abandonne sa vie et se retrouve sous les feux de la rampe à ses côtés ? Si elle entretenait une relation avec un homme « ordinaire », quelles chances de survie aurait cette histoire ? Imogen dirait que l'amour triomphe de tous les obstacles ; Cesar dirait que c'est un risque qui ne vaut pas la peine d'être couru.

Qu'en auraient dit ses parents ?

Ils étaient tombés amoureux l'un de l'autre, ils avaient dû se marier avec tant de foi en l'avenir ! Dix-huit mois plus tard, sa mère s'était enfuie, convaincue qu'elle n'était pas l'épouse qu'il fallait à un roi, peu désireuse d'élever son enfant à la cour. Puis, quand elle avait décidé de redonner une chance à l'amour, il était trop tard. Le roi Vincenzo avait rencontré Maria, et Sophia avait décidé de ne pas lui compliquer l'existence. Impossible de savoir si elle avait eu raison ou tort, mais au bout du compte son père avait été heureux, lui semblait-il. Il n'avait pas tenté de retrouver Sophia, avait accepté le divorce sans essayer de la persuader de changer d'avis. Pourquoi ? Luca croyait que c'était par orgueil. Mais peut-être Vincenzo savait-il que l'amour et le pouvoir ne pouvaient aller de pair. Peut-être avait-il cru que Sophia serait plus heureuse sans lui. Gabi ne le saurait jamais – ce qui la rendait triste –, mais sans doute pouvait-elle apprendre du passé. Maria et Vincenzo avaient eu une existence heureuse, s'étaient bien comportés l'un envers l'autre et avaient régné harmonieusement sur Casavalle.

Peut-être devait-elle suivre leur exemple…

Ici, tandis qu'elle survolait leurs deux royaumes, Gabi comprenait qu'elle devait faire tout ce qui était en son pouvoir pour servir son pays, pour garder unie et en paix cette belle île qui s'étalait en dessous d'eux. Mais elle doutait encore. Il s'agissait de sa vie. De la sienne et de celle de Cesar. Et elle ne voulait pas prendre une décision précipitée.

Elle tourna la tête vers ce dernier et prit une grande inspiration.

— L'amour n'est pas une composante indispensable à tout arrangement que nous pourrions trouver. Je ne suis pas encore prête à décider, mais je suis disposée à passer à l'étape suivante.

Elle nota qu'une onde de soulagement détendait les traits et les épaules de Cesar, qui sourit.

— Très bien. Je suis convaincu que nous pourrions construire un mariage heureux, basé sur l'attirance, la confiance, les croyances partagées et le désir de faire ce qui est juste pour nos pays. C'est maintenant mon travail de t'en persuader.

À demi allongée sur son canapé devant le feu qui flambait dans la grande cheminée du salon, Gabi attendait Imogen. Elles avaient décidé de passer un peu de temps entre filles ce soir-là. Elle était tellement reconnaissante à son amie, devenue sa belle-sœur, de l'accompagner sur ce chemin difficile vers le trône !

Cesar et Miles Montague avaient bien fait leur travail de communication. Durant les jours qui avaient suivi la décision de Gabi de poursuivre l'aventure avec Cesar, celui-ci s'était montré plus présent à ses côtés. Des rendez-vous avaient été organisés – dont les médias avaient eu connaissance –, mais le prince d'Aguilarez assistait également à des événements déjà au programme officiel de la future reine de Casavalle. Subtilement encouragés par Miles et Cesar, les journalistes brodaient à l'envi sur le thème de la romance.

Gabi ne savait plus ce qu'elle ressentait, ne parvenait plus à distinguer la réalité de l'illusion. Tout ce qu'elle savait, c'était que la proximité de Cesar la perturbait et rendait ses apparitions publiques plus difficiles à vivre. Parce qu'elle était sur les nerfs, que son corps réagissait à la présence de ce dernier, qu'elle devait agir comme s'il se passait quelque chose entre eux et dans le même temps masquer ses émotions. Et paradoxalement, quand Cesar était là, la jeune femme se sentait moins seule, moins intimidée, elle craignait moins de faire un faux pas.

L'arrivée d'Imogen la tira de ses pensées. Gabi étreignit son amie, lui proposa un verre de vin rouge, et toutes deux s'installèrent confortablement face à l'âtre.

— Alors, attaqua Imogen, dis-moi ce qui se passe avec Cesar. Tu l'apprécies ?

— Oui… Je l'aime bien, mais je n'ai pas encore l'impression de vraiment le connaître. On se voit en public, on est en représentation. Parfois, je me demande si Cesar n'est pas en représentation permanente. Toujours diplomate, souriant et le bon mot à la bouche.

— Sur cette île, les princes dissimulent leurs émotions ; Cesar peut-être encore plus que Luca et Antonio. Selon Luca, ses parents ont toujours été plus distants que Vincenzo et Maria avec eux. Mais je pense que le vrai Cesar vaut la peine d'être connu. Luca l'aime bien.

— Il est facile à aimer, dit Gabi, non sans une pointe d'amertume. Il a ce charme aristocratique qui me fait défaut. Je suis si… brute de décoffrage. Et la presse, les obligations, je trouve ça tellement difficile à gérer ! J'ai l'impression que tout le monde guette un faux pas.

Imogen se pencha en avant ; ses yeux bleus débordaient d'empathie.

— Ce sont les débuts. Les princes et princesses ont passé leur vie sous les projecteurs, ils ont appris à le gérer. Comme tu le feras. Et si quelqu'un peut t'aider, c'est bien Cesar.

— Des fois, je me demande si je n'aurais pas dû rester chez nous, à Crystal Lake.

Le front de son amie se plissa en une expression d'inquiétude.

— Tu ne le penses pas vraiment, n'est-ce pas ?

— Non. Je suppose que non. Parfois, cependant, tout cela me semble un peu démesuré.

— Tu devrais peut-être songer à tourner la page et à vendre la librairie.

— La vendre ? s'écria Gabi, paniquée.

Sa librairie était son filet de sécurité, son plan de secours. Le havre de paix dont elle continuait encore de rêver.

— Oui. Si tu es honnête avec toi-même, tu crois vraiment que tu vas y retourner ?

Gabi secoua la tête.

— Je ne sais pas, Imo. Il se pourrait que je renonce, si je sens que le peuple ne veut pas de moi. Alors Luca finira sur le trône.

— Cela n'arrivera pas. Luca pense qu'il te revient de droit, et il fera tout ce qu'il peut pour que tu deviennes reine. Et… Écoute, poursuivit Imogen, un peu hésitante, j'aimerais te parler d'une idée.

— Quelle idée ?

— Luca est d'avis que sa présence ici te nuit, qu'elle rappelle aux gens qu'il a été prince héritier. Mais il veut quand même montrer son soutien, à toi et à Casavalle. Il se demande si tu pourrais envisager de lui confier un rôle d'ambassadeur à l'étranger pendant un certain temps.

— Quand ? demanda Gabi d'une voix tremblante.

L'idée de voir s'éloigner son frère et sa meilleure amie lui faisait monter les larmes aux yeux, mais elle devait considérer la situation en tant que future reine. Sans émotion.

— Dès que possible. Puis nous reviendrions pour ton couronnement.

— Tu n'as pas besoin de ma permission. Je veux que toi et Luca soyez heureux, donc si c'est ce qu'il veut, je suis d'accord.

L'image de Cesar s'imposa à son esprit. Elle prit conscience tout à coup que, si elle ne l'épousait pas, il partirait lui aussi. Il retournerait à ses fonctions d'ambassadeur. Or elle n'était pas sûre de vouloir qu'il s'en aille…

Elle leva son verre de vin et le fit tinter contre celui d'Imogen.

— Aux nouveaux départs !

— Et aux amitiés qui durent ! répliqua son amie.

10.

Cesar entra d'un pas vif dans les cuisines du palais de Casavalle. Le chef s'approcha de lui et ils se saluèrent d'une poignée de main.

— Votre Altesse. Que me vaut l'honneur de votre visite ?

— Bonjour, Marcello. D'abord, laissez-moi vous féliciter pour vos *pasta con le sarde* servies au déjeuner des ambassadeurs. C'était parfait.

Le chef se confondit en remerciements.

— Ensuite, je me demandais si je pouvais apporter son chariot de petit déjeuner à la princesse Gabriella, ce matin.

— Bien sûr. Il est presque prêt.

— Mais avant cela, je voudrais faire un petit ajustement. Je sais qu'elle a l'habitude de prendre du thé, mais aujourd'hui je voudrais lui préparer quelque chose de différent. Et j'ai besoin de votre aide.

Dix minutes plus tard, Cesar frappait à la porte de la bibliothèque et entrait. Un grand sourire illumina le visage de Gabriella, un sourire qu'elle réprima rapidement.

— Oh ! Je ne m'attendais pas à ce que ce soit toi.

— Mais tu es heureuse de me voir, on dirait ! s'exclama-t-il joyeusement. Moi je le suis, en tout cas.

Il rapprocha le chariot du fauteuil dans lequel elle était lovée.

— Qu'est-ce que c'est ? demanda-t-elle en fronçant les sourcils lorsqu'elle découvrit la grande tasse qui remplaçait son thé du matin.

— C'est un « double-double ».

Cesar avait fait quelques recherches et, selon Luca, Imogen et Gabriella adoraient toutes deux ce type de café, typique d'un célèbre établissement canadien. C'était un grand café avec deux cuillerées de sucre et deux portions de crème.

— Il est aussi authentique que possible, poursuivit-il, mais Marcello a ajouté sa touche personnelle.

— Merci. C'est très gentil. Devrais-je poser pour un photographe afin d'immortaliser ce geste romantique ? demanda-t-elle d'un ton ironique.

— Non. Je voulais juste te remonter le moral.

Mais il se rendit compte qu'elle n'écoutait plus. Ses yeux étaient rivés sur les journaux disposés sur le chariot. Elle se saisit de celui qui était en haut de la pile et commença à lire un article. Elle se décomposa brusquement, soudain livide. Puis elle leva sur lui un regard dans lequel brillait la colère.

— Montre-moi, demanda-t-il en tendant la main, inquiet.

Elle lui donna le journal.

Ces derniers temps, la princesse Gabriella de Casavalle et le prince Cesar d'Aguilarez ont fait l'objet de nombreuses spéculations et rumeurs sur la romance qui aurait éclos entre eux. Et la romance semble bel et bien fleurir, ce qui a fait oublier à tout le monde que dans quelques semaines la princesse Gabriella compte monter sur le trône de Casavalle.

Certains affirment qu'elle est une usurpatrice, mais c'est faux : l'ADN a prouvé qu'elle est bien l'héritière légitime du défunt roi Vincenzo. Voilà pour la légalité. En ce qui concerne la morale, cependant, c'est une autre affaire.

Examinons les faits.

La mère de la princesse Gabriella, Sophia Ross, a

quitté le roi Vincenzo alors qu'elle était enceinte, sans lui annoncer la grossesse. Où est la moralité ?

Le divorce a apparemment été demandé très peu de temps après son départ ; le roi Vincenzo n'était toujours pas au courant de la grossesse de son épouse légitime.

Le divorce a été prononcé quelques semaines seulement après la naissance de Gabriella, un enfant dont le roi Vincenzo ignorait l'existence.

S'il avait eu connaissance de cela, il aurait peut-être divorcé plus tôt et Gabriella Ross ne serait alors pas son héritière.

Même en mettant de côté ces faits aussi facilement que le prince Luca semble avoir mis de côté son devoir et le trône, nous devons nous demander si Gabriella Ross est apte à devenir reine.

Nous parlons d'une femme qui n'a pas été éduquée dans cette optique, n'a reçu aucune formation sur la manière dont on gouverne un pays, et qui est la fille d'une femme qui n'avait aucun respect pour la royauté.

Comment Gabriella pourrait-elle être reine ? Et si elle suivait les traces de sa mère et s'enfuyait dès que tout deviendrait trop lourd ? Comme, bien sûr, cela arrivera. Surtout si cette romance avec le prince Cesar se fane et meurt.

Alors, réveillez-vous, Gabriella ! Ouvrez les yeux et rentrez chez vous.

Au Canada.

Cesar posa les yeux sur Gabriella, qui tournait comme un lion en cage, son café à la main.

— Ne le prends pas personnellement.

— Comment pourrais-je ne pas le prendre personnellement ? s'écria-t-elle. La journaliste écrit que je ne suis pas à la hauteur de la tâche et elle a déformé les faits pour faire passer ma mère pour une personne irresponsable, alors qu'elle ne l'était pas. Je ne peux pas la laisser s'en tirer comme ça !

— Il n'y a rien que tu puisses faire. Répondre à ce genre d'article ne ferait qu'empirer la situation. Passe à autre chose.

— Je ne peux pas.

Sa voix se brisa. Cesar se leva, se dirigea vers elle et prit ses mains dans les siennes. Pour la première fois, il ressentait l'envie d'interpeller un journaliste, de le faire réfléchir aux conséquences de ses mots.

— Je déteste qu'ils parlent de ma mère avec tant de méchanceté ! s'emporta-t-elle. Je déteste qu'ils me jugent !

— Il s'agit là de l'interprétation d'une seule personne. Elle ne connaissait pas ta mère. Elle ne te connaît pas. Ces derniers mois, il y a eu beaucoup d'articles racoleurs, d'affirmations stupides et d'opinions erronées dans la presse. Tu les as tous ignorés.

Mais peut-être que chaque article avait fait des ravages, infiltré son poison insidieux dans le cœur d'une femme qui n'était pas habituée à l'insatiabilité vorace et voyeuriste du public.

Gabriella cessa de faire les cent pas et se planta devant lui, mains sur les hanches, épaules redressées, bravache.

— Tu as raison, je dois les ignorer.

Mais il pouvait encore lire la douleur dans ses yeux, sentir l'effort que cela avait dû lui coûter de prononcer ces mots. Il ne pouvait pas l'aider : cela faisait partie du jeu et Gabriella apprendrait à détourner les ondes négatives. Cependant, il soupçonnait que, si cet article l'avait autant bouleversée, c'était pour une raison plus profonde.

— Tu peux peut-être me dire pourquoi cet article a touché un point sensible..., proposa-t-il.

Elle cilla, l'air hésitant, puis se lança après un long soupir.

— As-tu déjà eu l'impression que tu ne pouvais pas agir ? Que tu étais impuissant, dans le doute ?

Cesar hocha lentement la tête. Il avait ressenti cela trop souvent face aux drames causés par la guerre, la famine ou la pauvreté. Sans parler de sa frustration lorsqu'il s'était aperçu que ses parents se souciaient peu de faire d'Aguilarez une force du bien.

— C'est comme ça que tu te sens ?

— Oui. Et si la journaliste avait raison ? dit-elle d'une voix faible, fatiguée, l'air vaincu. Tout ce qu'elle dit est vrai : je n'ai aucune formation, je ne suis à Casavalle que depuis quelques mois, lors du bal donné en mon honneur j'ai choqué au moins quatre dignitaires du royaume… Chaque jour, un article me descend en flammes. Parce que je suis trop directe, trop canadienne, trop ignorante du protocole ; parce que j'usurpe le trône de mon frère, je suis la fille de ma mère… Alors, oui, je devrais peut-être retourner dans l'ombre et renoncer à tout ça.

— Quand nous en avons discuté, tu semblais persuadée d'avoir pris la bonne décision. Et puis, tes frères et la reine souhaitent que tu règnes, non ?

— Parce que c'est la loi. L'ordre de succession. Mais ça ne veut pas dire que je suis apte à gouverner. Et Luca serait un roi incroyable. Peut-être ai-je fait le mauvais choix, pour les mauvaises raisons. J'étais si heureuse de trouver une famille ! Cela a sans doute obscurci mon jugement.

Cesar la conduisit vers un canapé, la poussa à s'asseoir et s'installa à côté d'elle. Il s'ordonna de ne pas se laisser distraire par son parfum vanillé ou les taches d'ambre dans ses yeux bruns.

— Si Luca pensait que tu ne peux pas gouverner, s'il estimait que tu serais néfaste pour Casavalle, il n'aurait pas renoncé au trône.

— Mais s'il avait tort ? Et s'il ne voyait que ce qu'il veut voir ?

L'angoisse dans sa voix lui déchira le cœur. Pour la première fois, Cesar comprenait l'énormité de ce qui était arrivé à Gabriella, l'ampleur du bouleversement qu'avait connu son existence.

— Je crois que tu peux le faire. En fait, tu es exactement ce dont Casavalle a besoin : une bouffée d'air frais, quelqu'un qui n'a pas été élevé selon des règles et des traditions étouffantes. Du sang neuf.

— Vraiment ?

— Vraiment. Mais il faut que ce soit ce que tu veux faire. C'est la tâche d'une vie, qui exige un engagement sans réserve envers ton pays et son peuple.

Elle ferma les yeux, puis les rouvrit. Il sembla à Cesar que l'espoir y luisait à nouveau.

— Je sais. Je suis désolée, je ne voulais pas faire tant d'histoires. Je suis juste un peu bouleversée parce que Imogen m'a dit hier qu'elle et Luca quittaient Casavalle.

— Oui, je sais. J'ai parlé avec Luca, hier soir. Tu vas perdre ton frère et ta meilleure amie.

— Je suis heureuse pour eux, mais je me sens très seule, avoua-t-elle d'une voix étranglée.

Sur son visage d'ange, un sourire fleurit en même temps que des larmes floutaient son regard. Cesar était touché par le courage et la force de Gabriella.

— Tu n'es pas obligée de rester seule.

Les mots avaient franchi ses lèvres sans qu'il le décide, imprégnés d'une profondeur émotionnelle qui le surprit lui-même. *Du calme, Cesar !* Il ne s'agissait pas d'émotions, mais d'organisation. Gabriella n'était pas condamnée à la solitude, ils pouvaient travailler ensemble. Il pouvait lui offrir le soutien logistique dont elle avait besoin.

— Tu pourrais m'épouser.

Elle leva sur lui un regard interrogatif sous ses sourcils froncés.

— Je n'essaie pas de profiter d'un moment de faiblesse, s'empressa-t-il de préciser.

— C'est ce que tu penses que c'est : un moment de faiblesse ? demanda-t-elle avec une colère froide.

Elle se leva et s'éloigna de lui. Cesar était pris de court par sa réaction, coupé dans son élan. Croyait-il vraiment que montrer ses émotions était une faiblesse ? Il n'avait jamais réellement réfléchi à cette question.

— Je me suis mal exprimé. Je voulais simplement te dire qu'en tant que mari je serais en mesure de te soutenir, de te rendre la tâche de gouverner moins solitaire.

— Je m'en souviendrai, coupa-t-elle d'un ton sec, un masque froid sur le visage. Et je suis désolée d'avoir laissé mes émotions prendre le dessus. Je sais que c'est mieux pour Luca et Imogen de partir. Tout comme je sais que, quoi que je fasse, la presse trouvera un moyen de me clouer au pilori. Je suppose que je dois continuer à apprendre.

En d'autres circonstances, Cesar aurait applaudi Gabriella pour s'être ressaisie et comportée en vraie reine, maîtresse de ses émotions. Or, là, il avait l'impression d'avoir perdu quelque chose de précieux. Quelque chose qu'il voulait récupérer.

Quel idiot !

Il s'efforça de retrouver un peu de logique, de se remettre la tête à l'endroit. En ce moment, chacun des gestes de Gabriella était scruté ; de plus en plus d'articles allaient être publiés à l'approche de son couronnement. Or elle était en équilibre sur un fil…

Soudain, il sut quoi faire. Et un plan commença à se dessiner dans son esprit.

11.

Gabi referma la porte de ses appartements derrière le professeur de droit qui venait de lui donner un cours sur le système fiscal de Casavalle. Alors seulement, elle s'autorisa un long soupir de soulagement. Elle s'étira et tenta de se rappeler quel était le prochain engagement officiel. Avant qu'elle ait trouvé la réponse, on frappa à sa porte. Elle leva les yeux au ciel et força un sourire sur ses lèvres en lançant :

— Entrez.

Son cœur manqua un battement.

— Cesar ?

Pourtant, elle était bien certaine qu'ils n'étaient pas censés se voir avant un dîner officiel, le lendemain soir.

— Surprise ! Allez, viens, je t'enlève, annonça-t-il.

— Hein ? Qu'est-ce que tu racontes ? Et puis je ne peux pas partir, je dois…

— J'ai libéré ton emploi du temps, l'interrompit-il, et je t'emmène loin de tout ça ! Il reste une semaine avant Noël. Je voudrais que tu visites mon pays et que tu découvres ses traditions à cette période de l'année. Tu as besoin d'une pause.

— Mais…

— Pas de mais ! J'ai tout arrangé avec la reine Maria.

— Même mes bagages ? le défia-t-elle.

— Tout est réglé. Nous partons *maintenant*.

Gabi essaya d'évaluer la situation, mais son corps avait intégré la perspective d'une pause avec Cesar et refusait de laisser son cerveau y réfléchir. Une douce langueur gagnait déjà peu à peu ses membres tandis que des frissons de volupté naissaient dans son ventre. Elle allait partir avec Cesar, point final.

— Où allons-nous ?

— Dans une résidence royale à Aguilarez. La voiture attend dehors. Il y a aussi des photographes.

La douce excitation de Gabi retomba aussitôt. C'était un coup de pub, sans doute en réponse à l'article de la veille qui l'avait tant déstabilisée. Ou peut-être que son « moment de faiblesse » avait fait penser à Cesar qu'il était opportun de lui faire prendre un peu le large avant qu'elle ne s'enfuie – comme sa mère l'avait fait.

— J'ai passé un accord avec les médias. En échange de quelques sourires maintenant et de la promesse d'une future histoire à écrire, ils nous laisseront tranquilles pendant plusieurs jours.

Elle rêverait de pouvoir lire dans son esprit, voir au-delà de la diplomatie ; pour savoir si tout cela était une tentative froide et calculée pour la persuader de l'épouser ou s'il se souciait d'elle.

Dans un état un peu second, elle se laissa guider jusqu'à la voiture, non sans sourire aux journalistes. Dès qu'ils furent à l'abri dans le vaste habitacle, Cesar lui proposa de profiter du voyage pour dormir un peu. L'idée était tentante, mais elle savait qu'elle n'en serait pas capable : elle craindrait trop de ronfler, de baver ou de parler dans son sommeil. Elle décida de saisir cette occasion pour essayer d'en apprendre plus sur Cesar Asturias. Elle avait eu des aperçus de sa personnalité, mais c'était comme s'il se protégeait tellement qu'il avait oublié qui il était.

— Et si tu me parlais plutôt un peu de toi, proposa-t-elle. De ton travail, de ta vie ces dernières années.

Gabi le sentit se raidir légèrement, même s'il donnait toujours l'impression d'être détendu.

— Je suis un ambassadeur itinérant d'Aguilarez. Je m'assure

que nous jouons notre rôle sur la scène internationale. Nous sommes petits, mais nous sommes importants. Nos deux pays le sont. Notre tourisme est en plein essor. Nous exportons aussi du vin et des olives ; et, bien sûr, les gens s'intéressent toujours à notre famille royale.

— Ça te plaît ? Lors de notre première rencontre, tu as semblé déplorer de devoir être uniquement ce que l'on t'avait destiné à devenir.

— Je n'aurais pas dû dire ça. J'aime mon travail. Il me permet également de jouir d'un mode de vie agréable.

Gabi sentait que ce qu'il disait était vrai, mais qu'il y avait une autre strate sous les mots.

— Tu ne me dis pas tout.

Cesar avait soudain l'air de regretter qu'elle n'ait pas choisi de faire une sieste.

— Qu'est-ce que tu vas chercher ! dit-il en riant. C'est un travail formidable, parfois difficile, souvent amusant. Bien sûr, il y a quelques frustrations…

— Par exemple ?

— Souvent, les gens s'intéressent plus à ma dernière relation, à la dernière soirée à laquelle j'ai participé ou aux activités de ma famille. Je dois toujours me rappeler que je représente la maison royale d'Aguilarez.

Elle détecta une pointe d'amertume dans ses paroles et s'engouffra dans la brèche :

— Tu veux dire que tu as parfois des opinions différentes de celles de ta famille ?

— Tu analyses trop, lui rétorqua-t-il.

— C'est une façon polie de me dire de m'occuper de mes oignons ? Eh bien, sache que je vais te décevoir, affirma-t-elle, provocante, gagnée par la colère. Ces derniers jours, je t'ai parlé de sujets qui me tiennent à cœur. Je me suis ouverte à toi et, toi, tu ne me parles que de ton devoir envers ton pays !

— Peut-être qu'il n'y a rien d'autre.

— Je ne le crois pas. J'ai besoin d'apprendre des choses

plus personnelles sur toi. Sinon, comment puis-je envisager un mariage ?

Cesar resta longtemps silencieux, comme s'il réfléchissait à une très importante décision. Enfin, il haussa les épaules avec une petite moue contrite.

— Tu as raison. À certains moments, je souhaiterais moi aussi pouvoir parler de choses qui me tiennent à cœur, parce que je voudrais contribuer à rendre le monde meilleur. Dans le cadre de mes fonctions, j'ai voyagé dans des endroits où j'ai pleuré devant la détresse des enfants et des familles. J'ai vu des choses inimaginables dans des pays déchirés par la guerre… Alors, oui, j'aimerais que mon royaume fasse plus, qu'il apporte plus d'aide humanitaire. J'aimerais aller davantage dans ces pays, peut-être sous une casquette différente. Mais mon père a décidé que je servais mieux Aguilarez dans mon rôle actuel.

Il parlait avec une froideur détachée, comme s'il témoignait contraint et forcé par le juge devant un tribunal. Pourtant, sa déception et sa frustration étaient parfaitement audibles.

— Ça doit être dur. On dirait que ça compte beaucoup pour toi.

— Oui. Mais je comprends le point de vue de mon père, et le défier ne servirait pas ma cause. Au lieu de cela, je fais ce que je peux d'une manière différente. J'influence les décisions, je m'implique de façon anonyme ou à titre officieux.

Cet aveu bouleversa Gabi. Elle n'aurait jamais imaginé que Cesar avait un côté généreux et désintéressé. Mais elle pouvait voir qu'il regrettait de s'être livré ainsi.

— Peu de gens sont au courant de ce que je viens de te dire. J'apprécierais que tu restes discrète.

— Bien sûr. Merci pour ta confiance.

Elle s'approcha de lui et lui déposa un baiser sur la joue.

— Je pense que tu peux être fier de toi.

Cesar semblait toujours aussi gêné de s'être confié. D'un geste de la main, il désigna le paysage.

— On y est presque, déclara-t-il avec une désinvolture un peu exagérée. Regarde, ça vaut le coup.

Gabi ne put retenir une exclamation admirative lorsque leur destination apparut dans son champ de vision. C'était un magnifique petit château fort qu'on aurait dit taillé dans la montagne. Il évoquait à la fois la force de la nature et la puissance bâtisseuse de l'homme.

Lorsque la voiture s'arrêta, Gabi écarquilla les yeux à la vue des jardins. Des arbustes dont le vert se mêlait au blanc de la neige, des arbres immenses comme couverts d'un drap immaculé, et des fontaines dorées richement ornées qui scintillaient sous le soleil de cette fin de matinée : l'ensemble formait un spectacle féerique.

À l'intérieur, des tapisseries et des tableaux étaient accrochés aux épais murs de pierre, représentant des batailles anciennes, des scènes de la vie quotidienne au Moyen Âge, des portraits d'ancêtres. Cesar la conduisit dans une vaste salle lambrissée. Un feu de cheminée y dégageait une chaleur bienvenue derrière un pare-feu délicatement ouvragé. Devant l'âtre, un immense tapis et un canapé parsemé de coussins. La pièce était chaleureuse, douillette et *habitée*, par des siècles d'histoire, par les mânes des générations passées.

Gabi repéra un panier rempli de livres près du canapé et nota que certains provenaient de sa sélection personnelle ; d'autres étaient tout neufs. Elle se tourna vers Cesar, l'air interrogatif.

— Je les ai apportés de la bibliothèque de Casavalle, sauf ceux que j'ai achetés, sur les conseils d'Imogen. Je me suis dit que tu aimerais peut-être lire au coin du feu.

Cette attention l'émut aux larmes, et elle dut se faire violence pour les empêcher de couler. Elle songea qu'il l'avait écoutée, observée pour savoir ce qui lui ferait plaisir.

Son regard se posa alors sur le grand sapin installé dans un coin de la pièce.

— Tu m'as dit que ça te manquait de ne pas décorer un sapin, cette année, fit-il d'un air embarrassé, alors je me suis dit qu'on pourrait peut-être décorer celui-ci. C'est juste une idée…

— C'est une idée géniale ! s'enthousiasma Gabi, ravie. Mais nous aurons besoin de beaucoup de décorations.

— Je pensais qu'on pourrait aller en acheter. La ville voisine a un marché de Noël. Si nous nous habillons pour passer inaperçus, je doute que quelqu'un nous reconnaisse. Personne ne sait que nous sommes ici, à part quelques personnes de confiance. Et nous serons seuls.

Le cœur de Gabi fit un petit bond. Pas de personnel, pas d'obligations, juste eux deux…

— Alors, allons-y ! Montre-moi ma chambre, et je me changerai en un clin d'œil.

— Tiens ! dit-il en lui tendant un minuscule sac en papier. Pour compléter ton look.

Elle sourit en découvrant un flacon de vernis à ongles rouge vif.

— Parfait ! Je vais voir si je peux penser à d'autres interdits à transgresser.

Sa fatigue avait disparu, remplacée par une impatience mêlée d'excitation. Elle songea qu'il lui faudrait faire attention, mais aussitôt une voix intérieure lui chuchota : *Au diable la prudence !* Pendant quelques jours, elle serait libérée du protocole et des règles de la cour. Elle voulait en profiter au maximum. Elle avait le droit d'être heureuse après tout, n'est-ce pas ?

Cesar n'aurait jamais imaginé prendre autant de plaisir à déambuler parmi la foule au milieu des étals du marché de Noël et le long des rues pavées du village médiéval.

L'atmosphère était joyeuse, et l'air embaumait de l'odeur épicée du vin chaud et de celle des pâtisseries encore tièdes.

Il aimait voir Gabi détendue et souriante. Elle semblait heureuse, émerveillée même. Ses yeux pétillaient sous la capuche rouge qui cachait ses cheveux châtains et protégeait son visage du regard des passants. Cesar avait enfoncé un bonnet de laine sur sa tête et enroulé un foulard autour de son cou, dissimulant le bas de sa figure. Ils ressemblaient à n'importe quel couple venu faire ses achats de Noël, et le service de sécurité se fondait dans la foule.

Plus d'une fois, il eut envie de la prendre dans ses bras et de l'embrasser, et il eut l'impression qu'elle aussi ressentait la force magnétique qui les attirait l'un vers l'autre. Si elle l'épousait, ils pourraient s'embrasser quand ils le voudraient...

Ils choisirent ensemble les décorations, après avoir mangé un bretzel et bu du chocolat chaud. Ils étaient devant un stand qui vendait des guirlandes lumineuses quand le regard de Gabi se posa sur de jeunes parents avec leurs deux enfants, absorbés par l'étude d'une crèche. Elle expliqua à Cesar que, dans sa librairie, elle préparait toujours quelque chose pour les enfants, afin qu'ils profitent de la magie de Noël. En voyant la tristesse dans ses yeux, il comprit qu'elle pensait à l'absence de sa mère.

— Et les adultes méritent la même chose, affirma-t-il. Ces deux prochains jours seront donc consacrés à la magie de Noël.

La tristesse disparut de son visage, et son beau sourire vint l'illuminer.

— Alors, faisons de notre sapin un arbre magique, proposa-t-elle. Le genre que l'on trouve dans les contes de fées.

12.

Gabi fixait les flammes, les regardait sauter et danser au rythme du crépitement des bûches. Pour la première fois depuis longtemps, elle se sentait détendue, en paix, en sécurité, et c'était merveilleux.

Grâce à Cesar.

Pendant qu'ils flânaient au marché de Noël, elle avait plusieurs fois été tentée de l'embrasser, mais la raison l'avait emporté. De même lorsqu'ils avaient décoré le sapin et que leurs corps s'étaient frôlés, provoquant des étincelles sensuelles qui avaient érotisé l'atmosphère.

Elle leva les yeux lorsque son compagnon rentra dans le salon, deux grandes tasses de chocolat fumantes dans les mains.

— Ça sent divinement bon ! s'exclama-t-elle.

— J'ai mis un ingrédient secret : une dose de rhum.

Il s'assit à côté d'elle. La masse de son corps athlétique était rassurante.

— On a bien travaillé, reprit-il en désignant le sapin illuminé.

Il se dégageait de l'arbre enveloppé de guirlandes scintillantes une impression de magie. Les boules dorées et les décorations renvoyaient les lueurs dansantes du feu. L'ensemble était surmonté d'une étoile en cristal à multiples facettes.

— Oui. Merci. C'était agréable de décorer à nouveau un sapin avec quelqu'un.

— Plus jeune, tu le faisais avec ta tante ?

— Oui. Le premier Noël après la mort de ma mère, tante Bea m'a emmenée acheter des décorations. Je n'avais que quatre ans, mais le souvenir est très clair. Je pense que c'était la première fois que ma tante achetait autant de boules et de guirlandes. En fait, je crois qu'ils n'avaient pas de sapin de Noël avant de me recueillir. Après cela, nous avons utilisé les mêmes décorations chaque année, même lorsqu'elles ont commencé à être abîmées. J'insistais. Dans ma tête, elles étaient liées à ma mère et à ma famille. Quand ils sont morts, je n'ai plus installé de sapin à la maison. Je décorais celui de la librairie à la place.

— Ils doivent beaucoup te manquer.

— Oui. Juste après leur disparition, je me suis sentie seule au monde. Orpheline une fois de plus. Je ne me rappelle pas vraiment ma mère, mais je me souviens d'une chaleur, d'un sentiment de sécurité et d'amour que j'associe à elle. Et je me souviens aussi de la confusion totale, du désarroi que j'ai ressenti lorsqu'elle est morte. J'étais trop petite pour comprendre ce que cela signifiait. Mais tante Bea et oncle Peter étaient là pour moi.

— Parle-moi d'eux.

Gabi se demanda si c'était un intérêt sincère qu'elle lisait dans les yeux de Cesar. Peu importait, après tout : elle voulait partager un peu de sa vie avec lui, et c'était agréable de parler de Bea et Peter – une manière de leur rendre hommage.

— Oncle Peter était le frère aîné de ma mère. Demi-frère, en fait, et il était beaucoup plus âgé qu'elle. Ils avaient près de trente ans d'écart. Ils n'étaient pas proches. Il avait déjà la cinquantaine passée quand ma mère a quitté Casavalle, et la soixantaine quand elle est morte. Lui et ma tante Bea avaient fait le choix de ne pas avoir d'enfants. Ils ont fait de leur mieux. Je leur en serai toujours reconnaissante.

— Des gens bien, on dirait, fit-il doucement. Ils passaient du temps avec toi, vous cuisiniez ensemble, vous vous promeniez ensemble, vous vous offriez des cadeaux, vous décoriez un sapin ensemble… et ils ont encouragé ton amour des livres !

Aux intonations un peu chancelantes de sa voix, Gabi devina que Cesar comparait avec sa propre enfance, durant laquelle ses parents avaient passé un minimum de temps avec lui. Son cœur saignait pour le petit Cesar, élevé dans le sens du devoir et non dans l'amour. Elle ne dit rien, parce qu'elle sentait qu'il ne voulait pas de sa pitié, mais se rapprocha un peu de lui afin de lui faire comprendre qu'elle compatissait.

— J'aurais aimé pouvoir rencontrer ton oncle et ta tante. Merci d'avoir partagé tes souvenirs.

— C'est moi qui te remercie. J'ai trop rarement l'occasion de parler d'eux.

— Et maintenant, je pense que c'est l'heure du dîner ! lança-t-il d'un ton joyeux en se levant. Je vais le chercher.

— On va manger ici ? s'étonna Gabi.

— Oui. À moins que tu ne préfères t'asseoir à table. J'ai pensé que tu apprécierais un dîner informel.

De nouveau, une drôle de chaleur fusa dans les veines de Gabi. Mais comment savoir si c'était un stratagème ou réel ? Cesar se souciait-il vraiment d'elle ?

Cesar entra dans le salon en poussant son chariot et s'arrêta devant Gabi. Il souleva d'un geste théâtral les cloches d'argent posées sur les deux assiettes.

Gabriella éclata de rire.

— De la pizza !

— Mais pas n'importe quelle pizza : la pizza d'Aguilarez, avec des olives locales et une sauce tomate dont la recette est un secret d'État. Tu n'as jamais mangé une pizza pareille !

Il lui tendit son assiette, prit la sienne et s'assit à côté d'elle.

— Pas de couverts, murmura Gabriella, donc pas de risque de se tromper. C'est parfait !

Elle dégusta sa première bouchée, fermant les yeux en signe d'appréciation. Cesar sourit.

— Mmm ! C'est délicieux.

— Quand tu en auras envie, tu pourras aller dans les cuisines du palais demander qu'ils t'en préparent une.

— Je n'oserai jamais ! s'écria-t-elle, l'air paniqué. Et puis je ne suis pas sûre que ça plairait à Maria.

— Maria est une excellente reine, mais tu dois faire les choses à ta façon.

Gabriella se mordilla la lèvre.

— Ce n'est pas si facile. J'ai tellement de choses à apprendre ! Tout le monde en sait plus que moi sur tout.

— Il y a un sujet que tu connais mieux que quiconque, affirma-t-il.

— Ah bon ? Lequel ?

— Les livres.

— Je ne suis pas sûre que ce soit d'une grande aide pour gouverner un pays !

— Je ne suis pas d'accord. Tu m'as dit que tout le monde devrait lire. Cela ressemble à une mesure politique.

Le visage de Gabriella s'illumina soudain. Son regard pétillait d'enthousiasme.

— Oui, je pourrais promouvoir l'alphabétisation à Casavalle. Les gens faiblement alphabétisés sont freinés toute leur vie, que ce soit dans la recherche d'un emploi ou dans certaines tâches quotidiennes.

Il hocha la tête, touché par la passion qui vibrait dans sa voix, sa croyance en cette cause. Elle s'attaqua à une autre part de pizza, il pouvait presque voir son cerveau traiter les idées.

— Je vais en parler à mon ministre de l'Éducation.

Cesar ne put retenir un sourire en coin en entendant le pronom possessif : la reine évoquait « son » ministre. Gabriella le nota et lui sourit en retour.

— J'ai soudain l'air d'une grande souveraine, n'est-ce pas ? lança-t-elle avec humour. Sérieusement, je suis très enthousiaste. Je vais étudier les statistiques, rencontrer les fondations caritatives qui existent déjà.

Elle agita le bout de sa part de pizza sous le nez de Cesar.

— Ça te dérangerait de faire un brainstorming avec moi ?

— J'adorerais, dit-il, presque surpris de constater qu'il le pensait vraiment.

Ils échangèrent des idées en mangeant le reste de la pizza, puis de la glace au chocolat. L'air autour d'eux semblait crépiter et bourdonner, à l'image du feu dans l'âtre. Cesar était fasciné par la vitalité de la jeune femme, les arabesques décrites par ses mains, l'éclat de ses yeux, sa beauté sauvage. Il réalisait à quel point elle était proche de lui – son corps souple, son odeur… Comme si elle prenait conscience de la même chose, Gabriella s'immobilisa. Le silence n'était plus troublé que par le crépitement du feu. Ses yeux bruns s'agrandirent lorsque leurs regards se rivèrent l'un à l'autre.

Bon sang ! Dis quelque chose avant de faire une bêtise ! Heureusement, les mots lui vinrent naturellement :

— Plus j'apprends à te connaître, plus je crois que tu seras la souveraine dont Casavalle a besoin. Tu apportes un changement d'attitude, des perspectives différentes, car tu as connu la vie normale des gens normaux. Tu seras une grande reine.

— Tu le penses vraiment ?

Sa voix était empreinte de timidité, de doute.

— Oui. Oui, je le pense vraiment.

Le silence qui se fit vibrionnait de non-dits et de désir. Alors, lentement, Cesar approcha le visage de celui de Gabriella, qui avait enclenché le même mouvement vers lui.

Et ils s'embrassèrent.

D'abord doux, délicat, le baiser devint vite fougueux. Cesar était enivré par le goût de chocolat de ses lèvres, son parfum vanillé, le ballet de sa langue qui caressait la sienne.

Gabriella se pressa contre lui en poussant un petit gémissement ; ses doigts tâtonnèrent les boutons de sa chemise, glissèrent sur son torse. Il murmura son prénom. Ils se laissèrent tomber sur le moelleux tapis, enlacés, pris dans la frénésie du désir. Ils s'embrassèrent avec fièvre ; leurs caresses étaient fébriles, brûlantes.

Le bruit sec d'une bûche qui se fendait sous l'action des flammes les fit tous les deux sursauter. Aussitôt, comme si elle prenait conscience de la situation, Gabriella s'écarta et s'assit, les yeux fixés sur lui. Elle semblait perdue, vulnérable, une biche prise dans le faisceau des phares d'une voiture.

Comme elle était belle ! La culpabilité envahit Cesar.

— Je suis désolé. Je n'aurais pas dû me laisser emporter comme ça.

— Moi non plus, murmura-t-elle en baissant la tête. Je suis désolée aussi.

— Regarde-moi, Gabi. S'il te plaît.

Elle obtempéra. Tout ce qu'il voulait maintenant, c'était chasser cette lueur effrayée de ses beaux yeux bruns.

— J'ai du mal à regretter, parce que je voulais t'embrasser et tu voulais m'embrasser. Nous n'avons rien fait de mal. C'est arrivé, nous ne pouvons pas revenir en arrière, alors gardons un beau souvenir plutôt que des regrets. Marché conclu ?

Après un court silence, elle ébaucha un sourire et hocha la tête.

— Marché conclu !

13.

Gabi ouvrit les yeux.

Où suis-je ?

Elle tourna la tête, désorientée, et découvrit une vaste chambre à coucher avec des meubles massifs de bois sombre. Un autre clignement de paupières et les souvenirs déferlèrent dans son cerveau encore endormi. S'agissait-il seulement d'un rêve ? Non. La sensation du corps dur de Cesar pressé contre le sien, la douceur du tapis, la chaleur du feu, ses lèvres sur les siennes… Tout cela s'était produit.

Oh ! mon Dieu !

Au moins, ils avaient repris leurs esprits avant de coucher ensemble. Cela aurait été stupide. Pourtant, stupide ou non, une partie d'elle maudissait cette bûche qui les avait interrompus et souhaitait qu'ils aient continué ce voyage magique. Tout son corps était encore brûlant, en voulait plus.

Gabi poussa un soupir. Qu'était-il arrivé à sa volonté de ne pas laisser l'attirance physique la fragiliser ?

Vingt minutes plus tard, elle entra dans la grande cuisine. Assis sur un tabouret devant le vaste îlot central, Cesar se retourna et lui sourit ; un sourire si naturel que la tension quitta ses épaules et qu'elle réussit même à le lui rendre.

— Bonjour, dit-il. J'ai pensé que nous pourrions prendre le petit déjeuner dans le salon et ensuite paresser en lisant au coin du feu.

S'évader dans un monde fictif était une bonne idée, qu'elle accepta avec enthousiasme.

Une fois pelotonnée sur le tapis près de la cheminée, une tasse de thé posée à côté d'elle, Gabi se perdit dans sa lecture. Quand elle levait les yeux, elle observait avec satisfaction que Cesar semblait absorbé. Elle pouvait le voir à la façon dont ses yeux sombres bougeaient en suivant les lignes, au rythme régulier auquel il tournait les pages, au fait qu'il n'avait pas touché à son thé.

Ils firent une pause pour déjeuner de ciabatta, de charcuterie et de fromages locaux avant de replonger dans leurs romans.

Lorsque le téléphone de Cesar sonna, il sortit du salon pour y répondre. Quelques minutes plus tard, il passa la tête par l'entrebâillement de la porte.

— Il faut que je sorte pour aller chercher des provisions. Continue à lire, j'essaierai de ne pas m'absenter longtemps.

Il réapparut presque deux heures plus tard. En levant les yeux vers lui, Gabi vit sur son visage une expression qu'elle ne pouvait interpréter. De l'excitation ? De la nervosité ? Difficile à dire.

— En fait, nous sortons, annonça-t-il.

Gabi glissa son marque-page dans le livre et le referma.

— Où allons-nous ?

— Surprise. Couvre-toi bien et retrouve-moi dehors quand tu seras prête.

Gabi laissa échapper un petit cri ravi en découvrant la surprise préparée par Cesar. Devant le perron, au pied des marches, un traîneau l'attendait, tiré par deux chevaux magnifiques. Le cocher portait un haut-de-forme et une queue-de-pie. Le paysage autour était d'un blanc immaculé.

— Je n'avais même pas réalisé qu'il avait neigé ! s'exclama-t-elle.

— Moi non plus. Ma sœur m'a appelé pour me le dire et j'ai pensé qu'on pourrait faire une promenade romantique.

Il lui tendit la main et l'aida à s'installer avant de prendre place à côté d'elle. Puis il tira sur eux une couverture blanche molletonnée.

— Waouh ! s'extasia Gabi.

Le ciel était d'un bleu éblouissant. Le soleil de la fin d'après-midi faisait étinceler les montagnes en arrière-plan. Çà et là, des taches vertes tranchaient sur le blanc manteau hivernal. C'était féerique !

— Merci. J'avais besoin de cette pause. Elle me donne une énergie nouvelle, de nouvelles perspectives. Je me sens plus forte.

Mais Gabi savait que ce n'était pas seulement cette parenthèse enchantée ; c'était aussi cet homme assis à côté d'elle, qui l'avait fait rire, qui l'avait aidée à décorer un arbre de Noël, qui avait été compatissant, attentionné et gentil.

— Tant mieux ! Je t'emmène dans un lieu important du royaume d'Aguilarez, chargé d'histoire. Une clairière où, il y a un peu plus de deux siècles, le roi de Casavalle et le roi d'Aguilarez se sont rencontrés après une série de batailles terribles et sanglantes. Ils ont décidé de mettre fin aux guerres qui déchiraient les deux pays et ont trouvé un moyen de faire la paix.

— Une paix qui tient encore aujourd'hui…, murmura Gabi, consciente soudain du poids de l'histoire qui pesait aussi sur ses épaules.

Le trajet fut un enchantement. Lorsqu'ils parvinrent à destination, le soleil descendait sur l'horizon dans un magnifique flamboiement rouge et orange. Gabi ressentait des émotions contradictoires – excitation, stress, bien-être… L'odeur des pins, le souffle des chevaux, la présence réconfortante de Cesar : ses sens percevaient le monde de manière exacerbée.

Le traîneau s'arrêta. Cesar descendit et lui tint la main pour qu'elle le rejoigne. Malgré ses gants, elle frissonna à ce contact. Il la conduisit dans la neige fraîche qui craquait sous leurs pas jusqu'à une petite clairière. Gabi se figea, saisie par la beauté du lieu.

Les branches des arbres formaient une voûte au-dessus de la clairière. Elles étaient ornées de guirlandes de lumière et de boules lumineuses. Le tableau était magique.

Cesar la mena jusqu'au centre du cercle formé par les arbres et prit ses mains dans les siennes.

— Gabriella.

Sa voix s'étrangla. Il se racla la gorge et lui sourit.

— Désolé, je suis nerveux, admit-il. Je veux que ce soit parfait.

Cet aveu la toucha au cœur.

— Gabriella Ross Valenti, veux-tu m'épouser ? Je te promets mon soutien, ma loyauté, mon respect et ma fidélité. Et je ferai de mon mieux pour être un bon père pour nos enfants.

Gabi s'efforça de respirer lentement pour ne pas laisser la panique la submerger. Elle essaya de réfléchir. Elle *devait* réfléchir.

Cette décision conditionnerait le reste de sa vie et aurait un impact sur tout un pays. Elle pensa à ces deux rois d'autrefois qui avaient décidé de se faire confiance. Pouvait-elle épouser un homme sans amour ?

Soudain, la réponse lui parut évidente.

L'amour compliquait les choses ; l'amour avait causé à sa mère de l'anxiété, du désespoir et, à la fin, l'avait laissée seule avec le cœur brisé. Le mariage de Maria et Vincenzo, lui, avait résisté à l'épreuve du temps et apporté de la stabilité au royaume. Que pourrait-elle espérer de plus que ce prince magnifique, droit, intelligent et protecteur, cet homme qui, elle en était sûre, tiendrait ses promesses ? Et, pour ne rien gâcher, Cesar Asturias était également sexy et magnétique…

— Oui, dit-elle d'une voix claire. Oui, je veux t'épouser.

Avec un sourire extatique, Cesar plongea une main dans la poche de son manteau. Il en tira une petite boîte de bijoutier, l'ouvrit et en sortit une bague.

Gabi tendit la main, émue, et il fit doucement glisser le bijou à son annulaire.

Gabi l'admira tandis que son cœur cognait fort dans sa poitrine. Les couleurs des pierres étaient une combinaison des drapeaux de Casavalle et d'Aguilarez. L'anneau lui rappelait que leur mariage était une alliance sincère et franche, et qu'elle serait heureuse.

— Cette bague est magnifique. Vraiment magnifique.

Cesar s'approcha d'elle, la prit dans ses bras et l'embrassa. Ce baiser fut différent. Délicatement possessif. C'était une déclaration et une promesse, et les ondes qu'il faisait naître dans le corps de Gabi lui affirmaient qu'elle avait fait le bon choix. C'était le premier de leur vie commune. Elle frissonna en se pressant contre son *fiancé*, réalisant que dorénavant ils s'appartenaient l'un à l'autre.

— Que dirais-tu d'un mariage la veille de Noël ?

— Tu es sérieux ? s'exclama-t-elle.

— Oui. Je pense qu'il est logique de se marier avant ton couronnement à la nouvelle année.

— Tu crois que nous aurons assez de temps pour tout organiser ?

— Si tu peux te contenter d'une cérémonie simple et en petit comité, oui.

— Les dignitaires étrangers viendront au couronnement, et puis je préfère de loin un mariage plus privé. Et nous pourrions passer notre lune de miel ici, dans le château de ta famille.

Elle frémit à la perspective de passer le jour de Noël face à l'arbre qu'ils avaient décoré ensemble, de s'allonger devant la cheminée en tant que mari et femme…

— Alors, c'est comme si c'était fait !

14.

Enfin, c'était le grand jour !

Après les folles journées de préparation, Gabi pouvait se concentrer sur elle. Dans quelques heures, elle serait mariée…

Imogen et Tia avaient pris les choses en main dès son réveil. Gabi avait bien essayé de leur faire remarquer qu'elle n'était pas une poupée et pouvait se préparer seule, ses deux amies n'avaient rien voulu savoir. Elle avait alors suggéré que, à sept mois de grossesse, Tia devrait peut-être se reposer, mais cet argument avait été balayé par l'intéressée.

— Comparée à mon ancien travail de serveuse, la grossesse, c'est de la gnognote.

Gabi avait rendu les armes et les avait laissées la transformer en mariée. Assise devant sa coiffeuse finement marquetée en acajou, elle observa le résultat. Ses cheveux étaient habilement coiffés, de douces ondulations qui semblaient glisser jusqu'à ses épaules en une cascade châtaine. Le maquillage subtil donnait intensité et profondeur à son regard et accentuait ses pommettes.

— Magnifique ! s'exclama Imogen. La robe, maintenant !

Dès l'instant où elle l'avait vue, Gabi avait su que c'était *la* robe. La jupe, faite d'un tissu fluide avec un léger motif floral subtilement imprimé ton sur ton, était froncée sur l'avant et offrait une longue traîne à l'arrière. Le corsage ajusté, à manches longues, attirait l'œil par son décolleté ainsi que son encolure qui serpentait sur les épaules et se terminait en une profonde échancrure dans son dos.

Lorsque Gabi fut habillée, un tsunami de panique balaya ses nerfs. Durant le court trajet jusqu'à la chapelle, elle lutta au bras de Luca pour recouvrer un peu de calme.

— Prête ? demanda son frère lorsqu'ils s'arrêtèrent devant l'entrée du petit édifice de style roman.

— Prête !

La jeune femme fit un pas en avant et, aussitôt, elle ne vit plus que Cesar. Elle s'approcha lentement de lui, nimbée par la majesté de la musique qui enchantait l'atmosphère solennelle de la nef. Chaque pas était significatif, faisait s'accélérer les battements de son cœur. Son futur mari était si beau ! Il l'attendait devant l'autel, un sourire ému aux lèvres qui l'encourageait à aller de l'avant, le regard admiratif et émerveillé, qui lui donnait l'impression d'être la seule femme au monde. Gabi lui avait déclaré qu'il aurait épousé n'importe quelle femme qui porterait la couronne de Casavalle ; en cet instant, elle pressentait qu'elle s'était trompée. En atteignant l'autel, elle ne nota aucune trace de doute dans son regard chocolat.

Gabriella vécut la cérémonie dans un état second, entre béatitude et gravité. Baptêmes, mariages, funérailles, messes : ces murs avaient été témoins de tant d'événements et d'émotions. La plupart des souverains de Casavalle s'étaient mariés ici, dont le roi Vincenzo avec sa mère, réalisa-t-elle avec un frisson.

L'échange des vœux fut un moment d'une rare intensité – elle crut même apercevoir la reine Maria essuyer une larme. Cesar releva son voile et l'embrassa avec une douceur d'ange. Un frisson de joie et de désir mêlés l'électrisa. Voilà, ils étaient mari et femme.

La réception se tenait dans l'une des salles de bal du palais, somptueusement décorée pour l'occasion. Les drapeaux d'Aguilarez et de Casavalle flottaient aux portes. Les colonnes et les piliers étaient entourés de belles fleurs blanches qui descendaient en guirlandes et parfumaient l'atmosphère.

Gabi n'avait pas voulu d'un dîner assis, préférant laisser les gens se mélanger. De grandes tables proposaient des canapés et des entrées, des chefs derrière d'autres tables servaient des plats chauds gastronomiques, des serveurs circulaient avec des plateaux de boissons et de hors-d'œuvre. Les convives pouvaient choisir leur place pour s'asseoir manger et en changer à leur guise.

Cesar était presque en permanence à côté d'elle. Il passait parfois le bras autour de sa taille, lui tenait la main ou le coude, quelquefois déposait un baiser furtif dans son cou. Plus le temps passait, plus Gabi était émoustillée à la perspective de leur nuit de noces. Ils circulaient de groupe en groupe parmi la cinquantaine d'invités, qui semblaient tous s'amuser.

— Même mes parents ont l'air heureux, nota Cesar en observant le roi Jorge sourire à Imogen. On dirait que l'affaire Meribel a été oubliée.

La sœur de Cesar avait refusé de venir, de peur de raviver de pénibles souvenirs.

— Maintenant qu'un Asturias a épousé une Valenti, j'espère qu'elle se sentira capable d'assister à mon couronnement et d'amener Dana avec elle, dit Gabi.

— Et toi, est-ce que ça va ? lui demanda-t-il gentiment.

— Oui. Au fait, j'ai aussi parlé avec Jonas. Mon ami qui gère ma librairie, précisa-t-elle en réponse à la moue perplexe de Cesar. Je lui ai dit qu'il pourrait l'avoir.

— Tu es sûre ? Je sais à quel point cette librairie compte pour toi.

— Oui, mais ce serait égoïste de ma part de m'y accrocher. Je sais que c'est le bon choix. Ma vie est ici, maintenant.

« Avec toi », faillit-elle ajouter, mais elle se retint, désireuse de ne pas montrer le moindre soupçon de sentimentalisme.

— Si tu le penses vraiment, j'en suis très heureux.

— Je le pense vraiment. Et si tu veux bien m'excuser, je vais aller me rafraîchir.

Gabi s'éloigna en direction des toilettes. Elle avait presque atteint l'entrée de la salle quand elle aperçut une grande femme blonde et svelte qui l'observait, partiellement cachée par un pilier. Elle eut l'impression qu'un étau lui broyait le cœur.

Qu'est-ce qu'Amelia Scott-Browne faisait ici ?

Gabi se força à garder son sang-froid. Elle n'aurait pas pu manquer le nom de Lady Amelia sur la liste des invités. Cesar lui avait-il demandé de venir ? Non, jamais il n'aurait fait une chose pareille sans lui en parler, n'est-ce pas ? Le doute la taraudait. Peut-être avait-il supposé que cela n'avait pas d'importance pour elle, puisqu'il ne s'agissait pas d'un mariage d'amour…

Ressaisis-toi, Gabi ! s'ordonna-t-elle en marchant vers l'ex de Cesar. La jalousie qui lui vrillait les nerfs n'avait aucune raison d'être puisque, Cesar et Amelia, c'était de l'histoire ancienne. Or seul l'avenir était important.

— Votre Altesse, la salua la sublime blonde d'une voix mélodieuse et cordiale. Vous devez vous demander pourquoi je suis ici. Sachez tout d'abord que Cesar ignore tout de ma présence.

— Je dois admettre que je suis un peu curieuse, oui.

— J'accompagne un diplomate que connaît Cesar, Ferdinand Bastillo. Je lui ai dit que Cesar était d'accord, et Fernando a réussi à m'ajouter sur la liste des invités à la dernière minute. Mais je suis venue uniquement parce que je souhaitais parler avec vous. Je pense que vous avez droit à la vérité.

— Je vous écoute, répondit Gabi d'un ton neutre, alors que son instinct lui commandait de se boucher les oreilles et de s'enfuir.

— Je ne suis pas sûre que Cesar ait été honnête avec

vous, et tout ce que j'ai vu et entendu m'indique que vous êtes tombée amoureuse de lui.

Gabi resta silencieuse : elle ne pouvait pas révéler à cette femme que sa romance avec Cesar avait été fabriquée de toutes pièces.

— Je me doute que vous avez dû enjoliver l'histoire pour les médias, mais je crois que vous êtes vraiment tombée amoureuse.

À ces mots, l'évidence la frappa de plein fouet. Lady Amelia avait raison : elle aimait Cesar. Bien sûr qu'elle l'aimait. Elle avait compris les règles et joué le jeu, mais son cœur, son corps et son âme n'avaient pas obéi aux ordres de son cerveau.

Parce que l'amour ne se commandait pas.

L'élégante blonde la fixait de ses yeux verts emplis d'empathie.

— Je ne peux pas le laisser se jouer de vous et de vos sentiments. Vous devez savoir que Cesar n'a rompu avec moi que parce que ses parents le lui ont demandé, pour qu'il soit libre de vous épouser.

Ces paroles l'atteignirent, mais Gabi avait repris le contrôle d'elle-même à présent, analysant la situation avec une froide logique.

— Il vous l'a dit ?

— Cesar est un diplomate trop rusé pour cela. Il est allé à Aguilarez pour une réunion avec ses parents et la reine Maria ; à son retour, il a rompu avec moi. Rien ne le laissait prévoir, ajouta la jeune femme d'une voix triste. Quand j'ai vu la presse spéculer sur une relation entre vous, j'ai compris. Cesar est un homme de devoir. Il lui a sacrifié l'amour.

— L'amour ? hoqueta-t-elle malgré sa volonté de garder son self-control.

— Oui. Je pense que ça l'a pris par surprise. Au début de notre relation, il n'était pas question qu'elle dure, mais avec le temps nous sommes tombés amoureux. Nous étions tellement complices, nous nous amusions tant ! Rien ne se serait opposé à notre mariage. Sauf ce maudit sens du devoir.

Chaque mot était comme un coup de couteau dans le cœur de Gabi. Ils sonnaient vrai et s'accordaient avec tout ce que Cesar lui avait dit. Et il n'avait pas pu lui confier la vérité sur les raisons de sa rupture, car cela aurait ruiné toutes ses chances de faire une alliance avec la future reine de Casavalle…

Les paroles de Cesar résonnèrent dans son cerveau : « L'amour charrie ses propres risques, de perte et de chagrin. Il complique la vie. Si nous nous marions, tu n'as pas à craindre que je tombe amoureux de quelqu'un. » Bien sûr, puisqu'il aimait *déjà* Amelia ! Et qui pourrait l'en blâmer ? Elle était belle, sophistiquée et faisait partie de son monde aristocratique.

— Je voulais juste que vous le sachiez, reprit l'Anglaise. Je voulais aussi vous assurer que je ne harcèlerai pas Cesar. Je ne provoquerai pas de scandale. J'ai l'intention de continuer ma vie et je lui souhaite le meilleur. Je vous souhaite le meilleur à tous les deux. Mais je ne pouvais pas supporter de vous voir risquer de souffrir.

Trop tard. La douleur irradiait dans tout son être, et Gabi se dit soudain que tous les invités devaient entendre agoniser son cœur, et son âme se craqueler en réalisant que l'histoire se répétait – elle était de nouveau une responsabilité à assumer, un fardeau à porter, comme elle l'avait été pour son oncle et sa tante.

Néanmoins, rien ne devait transparaître. Elle porterait un masque, comme Cesar le lui avait conseillé, comme il le lui avait appris. Elle serait une reine. Elle devait faire passer son pays et sa fierté en premier. Quant à son amour, elle le cacherait. Personne ne saurait jamais qu'elle aimait vraiment Cesar.

Elle sourit à Lady Amelia, un sourire aussi amical et princier que possible.

— J'apprécie vraiment l'effort que vous avez dû faire pour me dire cela, et je suis heureuse de pouvoir vous rassurer.

Cesar et moi, nous nous comprenons. Il a été honnête avec moi, et nous nous réjouissons d'entamer une union heureuse et durable.

Le reste de la réception se déroula dans un état de sidération. Gabi avait mal à la tête tandis qu'elle bavardait et riait, dans une tentative désespérée pour paraître normale. Mais maintenant, son corps n'aspirait plus à la nuit à venir ; au contraire, la jeune femme la craignait. Parce que, quoi qu'il arrive, elle savait qu'elle ne pourrait pas dormir avec Cesar.

15.

Cesar avait vu que Gabriella discutait avec Amelia. À la stupeur avait succédé l'inquiétude, car son instinct lui soufflait que quelque chose de grave s'était produit. Mais jamais il n'eut l'occasion de lui parler en tête à tête : ils étaient sans cesse sollicités, accaparés.

Tout dans l'attitude de Gabriella montrait une jeune mariée heureuse. Elle paraissait avoir retenu la leçon et portait le masque presque assez bien pour le tromper. Presque seulement, car plus la réception avançait, plus il sentait qu'elle faisait semblant, qu'elle était plus fragile, plus nerveuse, plus… insaisissable.

Cesar hâta leur départ. Il avait besoin d'être seul avec elle. Tia et Imogen l'emmenèrent se changer, et Gabriella revint vêtue d'un tailleur-pantalon blanc cassé serré à la taille par une ceinture brillante, les épaules recouvertes d'un châle en fausse fourrure.

Le voyage en voiture vers Aguilarez se déroula dans un silence étouffant. La tristesse et l'inquiétude paralysaient Cesar. La journée avait commencé par tant de beauté et de bonheur ! Il n'oublierait jamais l'arrivée de Gabriella, éblouissante, dans la chapelle. Et maintenant, les traits tirés, elle gardait les yeux obstinément fixés sur le paysage qui défilait. Il tâchait de se rassurer en se répétant que ce n'était qu'un malentendu, qui pourrait se régler dès qu'ils seraient arrivés.

Une fois le chauffeur parti après les avoir déposés devant l'entrée du châtelet, Cesar hésita. Il avait prévu de porter son épouse pour lui faire franchir le seuil, mais il se doutait qu'elle le repousserait. Il l'escorta donc simplement dans le salon, où un feu avait été allumé en prévision de leur arrivée.

— Nous devons parler, dit-il.

— En effet, répondit Gabriella d'un ton glacial qui lui ressemblait peu.

Elle s'assit sur le bord d'un fauteuil, les mains jointes.

— Je suppose qu'Amelia t'a dit quelque chose. Ce que je ne comprends pas, c'est pourquoi tu sembles m'avoir déjà condamné, sans me laisser une chance de m'expliquer.

— Très bien, explique-toi : pourquoi as-tu rompu avec Amelia ?

La question, posée abruptement, le prit au dépourvu.

— Je… Il était temps de mettre fin à notre relation.

Ses yeux se rivèrent aux siens. Elle le mettait clairement au défi.

— Ne joue pas sur les mots avec moi, s'il te plaît. Ce n'est pas une réunion diplomatique. Tu t'es séparé d'elle pour être libre de m'épouser ?

Réfléchis, Cesar ! Mais son cerveau refusait. Et il ne voulait pas mentir à cette femme – *sa* femme.

— Oui.

— Est-ce que tu l'aimais ? Est-ce qu'elle t'aimait ?

— Je ne peux pas répondre pour Amelia, mais je ne pense pas qu'elle m'aimait. Moi, je n'ai jamais eu de sentiments pour elle, affirma-t-il en priant pour qu'elle entende qu'il disait vrai. Amelia a prétendu le contraire ?

Bon sang ! Il comprenait la réaction de Gabriella, à présent. Et se rendait compte qu'elle ne croyait pas à sa dénégation.

— Tu ne pouvais pas m'avouer, à moi, la femme que tu voulais épouser pour des raisons politiques, que tu étais amoureux d'une autre, dit-elle doucement. Et tu ne l'admettras pas maintenant. Parce que tu ne veux pas me blesser, et que tu ne veux pas tout gâcher.

Cesar était en panique. Les mots ne venaient pas, son

cerveau était complètement embrouillé à l'idée que son mariage était déjà en train de s'effondrer.

— Je n'ai jamais aimé Amelia ! Jamais voulu l'épouser ! Je ne voulais épouser personne. Sauf toi.

— Par devoir. Parce que tes parents te l'ont demandé. Pour le bien de nos pays.

Essaie encore, Cesar !

— Tu n'ignorais pas que ce mariage n'était pas une question d'amour, mais que nous forgions une alliance.

— Certes, mais je croyais aussi que tu étais vraiment libre, que ta rupture avec Amelia n'avait rien à voir avec moi. Si j'avais su la vérité, je ne t'aurais pas épousé.

Il cherchait désespérément les mots pour protester, pour la rassurer, pour lui dire qu'elle avait tout faux. Mais ils ne venaient pas et les émotions grondaient en lui. Il vit une larme briller au coin de l'œil de Gabriella, son geste impatient pour la faire disparaître.

— Je ne suis pas sûre de pouvoir supporter une nouvelle fois d'être un choix par défaut. Pour le restant de ma vie.

— Ce n'est pas ça.

— C'est exactement ça ! Ma tante et mon oncle étaient des gens formidables qui ne voulaient pas d'un enfant. Ils avaient des projets. Ils avaient économisé pendant des années pour se retirer sous des cieux ensoleillés. Au lieu de cela, ils m'ont recueillie et ont dû abandonner leurs rêves. Par devoir. Pour faire ce qui était *juste*. Tu fais la même chose.

— Non ! s'insurgea-t-il, véhément.

— Si, le contra-t-elle avec un sourire las. Je n'essaie pas de créer des problèmes, tu sais. Mais j'ai l'impression d'être un second choix. Encore une fois. D'envoyer l'existence de quelqu'un sur un chemin non désiré. Encore une fois. Je ne pense pas pouvoir vivre le reste de ma vie avec ce sentiment.

Le cœur de Cesar était déchiqueté. Gabriella attendait qu'il réagisse. Il ne savait pas quoi dire, rien ne venait. Alors elle se leva.

— Nous parlerons demain. Je suis trop fatiguée. Je vais dormir. Bonne nuit, Cesar.

Tout ce qu'il voulait, c'était la prendre dans ses bras, lui dire que tout irait bien. Mais il ne pouvait pas. Parce que tout n'allait pas bien. Alors il la regarda partir, avant de frapper le mur de son poing.

Gabi ôta son tailleur et le jeta en boule dans un coin de la chambre. Elle ne voulait plus jamais le voir. Il symbolisait le fiasco qu'était devenu le plus beau jour de sa vie. Et le pire, c'était qu'elle aimait toujours Cesar.

Comment pourrait-elle passer le reste de son existence avec un homme qui en aimait une autre et la faisait se sentir un fardeau ?

Lorsqu'elle ouvrit sa valise, Gabi tomba sur les déshabillés et la lingerie fine qu'elle avait apportés en prévision de leur lune de miel. Elle n'avait même pas un pyjama ou une nuisette. La jeune femme eut aussitôt envie de pleurer. De toute façon, elle ne trouverait pas le sommeil. Elle étouffait. Elle avait envie de sortir, de s'enfuir.

Gabi jeta un coup d'œil par la fenêtre. Le ciel était sans nuages mais bientôt, selon les prévisions, il neigerait. Cesar et elle avaient plaisanté à propos d'un Noël enfermés ensemble à cause de la neige. Elle se souvint alors que Cesar avait fait amener Ferron et Arya ici pour pouvoir l'emmener chevaucher dans les montagnes. Elle enfila un jean, des vêtements chauds, sa parka polaire imperméable, son bonnet de laine, son écharpe, ses gants et ses bottes d'équitation fourrées, puis elle se glissa hors de sa chambre.

Elle prit l'escalier de service et déboucha dehors, à l'arrière du château. Elle se dirigea vers les écuries.

Après avoir préparé Arya, Gabi se mit en route. Le clair de lune éclairait suffisamment le chemin, et puis elle n'irait pas loin, juste une petite promenade pour se rafraîchir les idées.

Si elle mettait fin à leur union maintenant, le scandale serait énorme. C'était impossible. Elle devait continuer à avancer, piégée dans un mariage infernal. Quitter Cesar aurait été source d'une peine insoutenable, mais qui sans doute se serait atténuée. Là, elle allait devoir vivre avec une douleur constante, dévastatrice pour l'âme, celle causée par un amour à sens unique et la présence quotidienne d'un mari qui aurait préféré une vie différente avec une autre. Était-ce ce que sa mère avait ressenti ? Répétait-elle malgré elle le même schéma ?

Perdue dans ses pensées, Gabi sursauta soudain quand une sensation de froid lui mordilla la joue. Elle se rendit alors compte qu'il neigeait à gros flocons. Seigneur ! Elle avait perdu la notion du temps et ignorait où elle se trouvait par rapport au château. La réalité la rattrapa : que diable faisait-elle ? Fuyait-elle, comme sa mère l'avait fait, au lieu d'essayer de trouver une solution ? Sophia avait regretté de s'être enfuie. Gabi savait au fond de son cœur que, si cette dernière était là, elle lui dirait de faire demi-tour.

La jeune femme essaya de mettre de l'ordre dans ses pensées. Pourquoi était-elle si sûre que Cesar aimait Amelia ? Il avait nié avec force. Pourquoi ne pas le croire ? Et puis, si Cesar aimait Amelia, alors ils trouveraient une solution. Ensemble.

Gabi tira sur les rênes et Arya stoppa. La neige tombait dru, à présent. On n'y voyait pas à cinq mètres. Gabi se disait qu'elle devait rester calme, quand son cheval poussa un hennissement de frayeur. La jeune femme aperçut la lueur de deux pupilles jaune-vert dans un buisson, puis Arya se cabra et la désarçonna.

Cesar faisait les cent pas dans la chambre d'amis, animé par une violente colère contre lui-même. Il avait tout gâché avec Gabriella, l'avait blessée et s'était montré incapable d'arranger les choses. Bon sang, c'était pourtant précisément son métier, d'arranger les choses ! Et au lieu de cela, il restait là comme un idiot !

Il devait la voir, lui parler. Il ouvrit sa porte, traversa le couloir et frappa à celle de la suite royale.

— Gabriella ! Laisse-moi entrer, je t'en prie.

Il frappa de nouveau, plus fort cette fois.

— S'il te plaît, Gabi. Il faut qu'on parle.

Silence. Cesar fronça les sourcils. Gabriella n'était pas le genre de femme à ne pas répondre. Il actionna la poignée. La porte n'était pas fermée.

Et la chambre était vide.

En courant, il gagna le salon, puis la cuisine. Vides. Alors, l'évidence le frappa. Les écuries ! Il quitta le château et traversa la cour au pas de charge. D'énormes flocons tourbillonnaient dans l'air glacial. Gabi n'était pas là. Arya non plus.

Bon sang !

Dans les montagnes d'Aguilarez, une tempête de neige pouvait se lever en un rien de temps. Et Gabriella se trouvait là, dans la nature, quelque part. La panique lui comprima la poitrine. Sa respiration était difficile. Et brusquement, la vérité lui apparut.

Il l'aimait.

Il aimait sa femme.

Alors il se secoua, courut à l'intérieur prendre un thermos et enfiler à la hâte des vêtements chauds, puis retourna aux écuries seller Ferron. Comme la neige avait recouvert les traces, il prit la route qu'elle avait sûrement empruntée, la plus logique, priant pour ne pas se tromper.

Cesar cria son prénom, mais l'écho de ses « Gabriella ! » se perdait dans le déluge de neige déversé par le ciel. Penché sur l'encolure de Ferron, il scrutait le chemin devant lui, terrifié à l'idée de la manquer si elle était tombée.

Soudain, il entendit un bruit de sabots, comme une délivrance. Son soulagement fut de courte durée : c'était Arya, mais sans cavalier. Le cheval semblait paniqué. Cesar réussit à saisir sa bride et à attacher les rênes à la selle de Ferron.

Où diable était Gabriella ? Allongée quelque part, blessée ou… Non ! Il devait la trouver. Il devait la trouver et lui dire qu'il l'aimait. Il lui était insupportable d'imaginer qu'il n'aurait pas la chance de lui avouer son amour, qu'il pourrait perdre la femme de sa vie. Il continua à avancer, essayant d'apaiser la peur qui montait en lui.

Du coin de l'œil, il vit une tache de couleur au milieu de tout ce blanc. Prêt à se raccrocher à n'importe quel indice, il se dirigea dans sa direction. Une écharpe ! Une écharpe en laine rouge vif, attachée à la branche d'un arbre. L'espoir galvanisa Cesar, qui cria de nouveau son prénom. Sans réponse. Parvenu au pied de l'arbre, il descendit de sa monture.

Merci, mon Dieu !

Gabriella était là, recroquevillée en boule contre le tronc, à l'abri du vent. Il se laissa tomber à côté d'elle.

— Gabriella !

Son cœur s'arrêta. Elle était immobile, les yeux fermés, le visage pâle et froid, un filet de sang sur le front.

— Gabriella, répéta-t-il en lui massant doucement les épaules.

Elle souleva les paupières.

— Cesar…, souffla-t-elle dans un filet de voix presque inaudible, avant de refermer les yeux.

— Oui, c'est moi. Tout va bien se passer. Je t'aime, Gabi. Je t'aime !

Il la redressa et évalua rapidement la situation. Elle ne semblait pas blessée, seulement gelée. Il sortit le thermos qu'il avait apporté et versa du thé chaud dans le gobelet, qu'il porta aux lèvres de Gabriella. Elle rouvrit les paupières, leva son regard vers lui.

— Tu as dit que tu m'aimais ?

Son sourire était si doux, si heureux, que Cesar en eut presque les larmes aux yeux.

— Oui.

— Parfait. Je t'aime aussi. Maintenant, je vais m'endormir.

— Non, Gabi. Pas encore.

Elle l'aimait ? Le pensait-elle ou avait-elle déliré ? Cesar chassa cette question. La priorité était de ramener Gabriella saine et sauve.

Après avoir réussi à la faire monter sur Ferron, il s'installa derrière elle et prit le chemin du château. Gabriella semblait à demi inconsciente. Il devait lui parler pour qu'elle ne se laisse pas sombrer.

— Je t'aime, murmura-t-il à son oreille.

Il ignorait si elle l'entendait, mais il avait besoin de le lui dire. Et toute la vie pour le lui répéter.

— J'aime ton sourire, ton courage, ta bravoure. J'aime que tu te soucies des livres, de l'alphabétisation et de ta famille. J'aime la façon dont tu fronces les sourcils. J'aime la manière dont tu as assumé ton nouveau rôle, ta nouvelle famille. J'aime le fait que tu m'aies montré qu'il n'y a pas de mal à risquer son cœur. Je ferai tout pour ne pas te blesser ou te perdre. Mais si tu ne peux pas m'aimer, je l'accepterai. Cela me fera mal, mais ne changera rien au fait que je t'aime. Tu m'as fait regarder à l'intérieur de moi-même et comprendre que je pouvais faire plus, me surpasser. Et à partir de maintenant, je le ferai. Je veux faire plus pour les causes auxquelles je crois. J'aime aussi ton courage, ta façon de rire, ta beauté intérieure et ta beauté extérieure, ta manière de te perdre dans un livre. Tu me rends heureux, Gabi, et je t'aime à la folie.

Parvenu aux écuries, il fit rentrer les chevaux, leur souffla à l'oreille qu'il reviendrait s'occuper d'eux plus tard et prit Gabriella dans ses bras. Il traversa la cour et ouvrit la porte avec son pied.

Une fois à l'intérieur, Gabriella leva le regard vers lui et lui sourit.

— J'espérais bien franchir le seuil dans les bras de mon mari, murmura-t-elle.

Allongée sur le canapé devant les flammes dansantes et bienfaisantes, Gabi récupérait rapidement. La chaleur avait commencé à pénétrer ses membres gelés, Cesar lui avait apporté des vêtements de rechange et, bientôt, il reviendrait de la cuisine avec du chocolat chaud.

Cesar… Pensait-il les mots merveilleux qu'il avait prononcés ? Pouvait-il l'aimer ? Ou avait-il juste dit ça pour la garder éveillée ? À moins qu'elle n'ait tout imaginé, en pleine hallucination…

Le plus simple était de le lui demander, songea-t-elle tandis qu'il rentrait dans la pièce.

— C'est vrai, tout ce que tu as dit ?

— Chaque mot.

— Et Amelia ?

— Gabriella, je te donne ma parole que je n'ai jamais aimé aucune femme avant toi. S'il te plaît, crois-moi.

Elle le regarda au fond des yeux et vit qu'il ne lui mentait pas.

— Je te crois.

— Et… Et toi ? commença-t-il d'une voix hésitante, mal assurée. Tu pensais ce que tu disais ? Que tu m'aimes ?

La fragilité, la vulnérabilité qui émanaient de Cesar étaient inhabituelles. Cela lui fit monter les larmes aux yeux.

— Bien sûr que je t'aime ! Je sais que ça ne devait pas arriver, mais je n'ai pas pu l'empêcher.

Elle but une gorgée de chocolat chaud. Oh ! comme ça faisait du bien ! Cesar s'agenouilla devant elle.

— Je ne savais pas qu'il était possible de se sentir si heureux. Je n'ai jamais été aussi terrifié que lorsque j'ai cru te perdre. Et que je n'aurais jamais la chance de te dire que je t'aime.

— J'ai ressenti la même chose. J'allais revenir quand j'ai réalisé à quel point la tempête était devenue violente. Arya a vu un animal sauvage dans la pénombre et elle a paniqué. Je suis tombée. Je me suis rendu compte que je ne pouvais pas marcher : je m'étais tordu la cheville. J'avais tellement peur de ne pas pouvoir revenir, que tu ne saches jamais que je voulais arranger les choses, nous donner une chance. Je revivais l'histoire de mes parents.

— De ta mère qui s'est enfuie de Casavalle ?

— Elle l'a fait parce qu'elle pensait qu'elle ne pourrait jamais être la reine dont mon père avait besoin. Mais elle a changé d'avis. Elle allait revenir quand elle a appris que mon père avait rencontré Maria. Elle a décidé que la meilleure chose à faire était de rester à l'écart.

Il s'assit à côté d'elle et ils se blottirent sous la couverture.

— Ça n'arrivera pas. Parce qu'on s'aime et que rien ne pourra s'y opposer. Je ne le permettrai pas. J'aurais voulu m'en rendre compte plus tôt, mais je ne pensais pas être capable d'aimer. Et puis j'ai réalisé très jeune qu'il ne servait pas à grand-chose de s'attacher aux gens, car ils partent et vivent leur vie ; alors j'ai appris à étouffer dans l'œuf ce genre de sentiments.

Gabi posa la tête sur l'épaule de son prince.

— Je ne partirai pas, promit-elle. Dès le premier soir, je me suis sentie à l'aise avec toi. Je t'ai fait confiance. C'est pour ça que j'étais si énervée d'apprendre ta supercherie, au bal ! Mais je ne pouvais pas t'en vouloir, et tu m'as fait craquer avec ton humour. Tu m'as donné confiance en moi, la conviction que je pouvais peut-être devenir une bonne souveraine. Je t'aime aussi parce que tu as toujours été très attentionné avec moi.

— C'est parce que je t'ai aimée dès le premier jour ! Je suis vraiment désolé pour le mal que je t'ai fait, pour ma maladresse. Je t'aime, Gabriella. De tout mon cœur et de toute mon âme.

Gabi pressa ses lèvres contre les siennes. Aussitôt, un profond sentiment de bonheur la submergea. Dans les bras de cet homme merveilleux, de son prince, elle était à sa place. Et elle le serait pour l'éternité, songea-t-elle tandis que l'horloge sonnait les douze coups de minuit.

Quelle plus belle façon d'entamer le jour de Noël ?

Épilogue

Casavalle, 2 janvier

Cesar regarda de nouveau l'un après l'autre les convives réunis autour de la table. La famille. Il ne se lassait pas de voir les Asturias et les Valenti réunis pour ce repas informel, après le faste du couronnement de Gabriella, la veille.

Se trouvaient là de son côté ses parents, ses frères avec leurs femmes et leurs enfants, Flavia, Meribel accompagnée de son mari Dana. Du côté de Gabi, il y avait Antonio et Tia, Luca et Imogen, Maria, ainsi que Grace et Miles. Tout ce beau monde riait et bavardait joyeusement tout en mangeant, avec les doigts, même pour la reine Maria, de divines pizzas – une idée de Gabi.

Il posa les yeux sur sa femme et sa poitrine se gonfla de fierté. Elle avait été incroyable ! Elle avait accepté la couronne avec une grâce exceptionnelle, une sincérité absolue et une humilité remarquable face aux devoirs qu'elle avait juré de remplir.

Soudain, elle se leva, son verre à la main. Le silence se fit aussitôt.

— Je veux vous remercier. Je suis incroyablement heureuse de vous avoir tous ici. Ma famille. Les Valenti et les Asturias. Unis. En guise de remerciement, Cesar et moi vous avons acheté un petit cadeau pour vous montrer notre reconnaissance.

Cesar ramassa le sac contenant les cadeaux qu'il avait posé dans un coin et fit le tour pour les distribuer. Gabi et lui avaient eu cette idée pour montrer aux deux familles royales qu'il pouvait être agréable et joyeux de s'offrir des babioles – même si chaque présent avait fait l'objet d'une réflexion approfondie de leur part, de la théière pour Tia à l'ensemble de produits de luxe pour le rasage pour son père, le roi Jorge.

Il retourna à sa place à côté de Gabi et sortit le dernier cadeau du sac.

— Pour toi, ma reine.

— Merci. Et celui-là est pour toi, mon amour.

Elle désigna une petite boîte emballée dans du papier cadeau posée près de son verre.

Il éclata de rire quand il découvrit des boutons de manchette en forme de luge, en souvenir de leur premier rendez-vous galant. Gabi ouvrit son paquet et contempla avec ravissement le bracelet à breloques qu'il avait fait faire pour elle. Les breloques représentaient une couronne, un livre, un cheval, un avion, un toboggan, un traîneau et, bien sûr, un cœur.

Gabi lui sourit en grand, un sourire qui ne manquait jamais de lui couper le souffle et de gonfler son cœur de joie. Elle l'embrassa avec une tendre passion, et Cesar se dit une nouvelle fois qu'il était l'homme le plus heureux du monde.

Vous avez aimé *Un trône pour Noël* ?
Retrouvez en numérique l'intégrale de votre série
« Noël royal à Casavalle » :

1. *Destinée à un prince*
2. *Un enfant à Casavalle*
3. *Un trône pour Noël*

Retrouvez prochainement,
dans votre collection

AZUR

Ce secret dévoilé, de Caitlin Crews - N°4422

Lorsqu'elle se rend au sommet de la Skalas Tower, Kendra n'a qu'un but : convaincre Balthazar, le maître des lieux, d'abandonner toute poursuite judiciaire contre sa famille. Or l'homme d'affaires grec à la réputation impitoyable n'a que faire de ses arguments. Aussi Kendra se résout-elle à utiliser la seule arme dont elle dispose face à Balthazar – la séduction. Seulement, après s'être liée à son ennemi durant une nuit époustouflante, elle se découvre enceinte…

Liaison avec un Italien, de Carol Marinelli - N°4423

Gian de Luca, duc italien et magnat des affaires, sait que la ravissante Ariana Romano lui est interdite. Non seulement elle est la fille de son mentor mais sa réputation d'héritière gâtée et sulfureuse n'est plus à faire. Toutefois, une nuit, Gian perd la raison et attire Ariana jusqu'à son lit. Dans l'intimité, sa douce maîtresse se révèle bien différente de celle qu'il croyait connaître. Et Gian ne songe déjà plus qu'à prolonger leur liaison au parfum de scandale…

Sous la protection du cheikh, d'Annie West - N°4424

Pressée de fuir un mariage forcé, Tara passe la frontière de son pays pour entrer clandestinement au royaume de Nahrat. Hélas, elle atterrit malgré elle dans la salle du trône du cheikh Raif. Ce roi du désert, autoritaire et fier, sait qu'elle appartient à un peuple rival et pourtant, à la grande surprise de Tara, il lui offre sa protection. Mais, quand bientôt la rumeur enfle au sujet de leur proximité nouvelle, Raif doit étouffer le scandale qui menace d'exploser. Et c'est ainsi qu'il proclame Tara comme sa future épouse !

L'amant de Singapour, de Dani Collins - N°4425

Tsai Jun Li. À peine Ivy pose-t-elle les yeux sur le milliardaire qu'elle est saisie par un brusque accès de fièvre. Cet homme est un fantasme, la perfection incarnée ! Aussi, quand il lui propose de passer la nuit avec lui, elle cède à la tentation. Quatre mois plus tard, c'est à Singapour qu'elle tente de le retrouver. Car, si leur étreinte devait rester sans lendemain, le destin en a décidé autrement : Ivy attend un enfant de son inoubliable amant…

Confidences scandaleuses, d'Andie Brock - N°4426

Emma a passé une nuit époustouflante dans les bras de Leonardo Ravenino, le milliardaire qu'elle aurait dû se contenter d'interviewer pour son journal. Aussi, quand il la rejette au lendemain de leur étreinte, c'est le cœur brisé qu'elle couche sur le papier sa frustration et tout le mal qu'elle pense de celui qui l'a séduite. Hélas, alors que ces confidences devaient rester intimes, voilà qu'elles sont publiées par accident ! Dès lors, Emma n'a d'autre choix que d'affronter la colère de Leonardo, au moment même où elle se découvre enceinte de lui...

Le guerrier des sables, de Jackie Ashenden - N°4427

Alors qu'elle pénètre dans une forteresse en plein désert, Ivy prend peur. Ce voyage qui l'a menée des rives pluvieuses de l'Angleterre au climat torride d'Inaris s'est révélé épuisant. Et l'accueil hostile que lui réserve le cheikh Nazir al-Rasul ne fait rien pour calmer les battements précipités de son cœur. Nazir est un chef de guerre farouche, redoutable et redouté, et Ivy est probablement folle d'être venue à sa rencontre pour lui annoncer une nouvelle incroyable. Alors que tous deux ne se sont jamais rencontrés auparavant, Ivy attend l'enfant de Nazir. Son héritier...

L'épouse d'un patron, de Katrina Cudmore - N°4428

Magnat dans l'hôtellerie de luxe, Loukas Christou multiplie les contrats lucratifs partout dans le monde. Mais aujourd'hui l'un de ses partenaires en affaires refuse de traiter avec lui sous prétexte qu'il est encore célibataire – et donc forcément instable ! Furieux qu'on puisse douter de lui, Loukas se résout toutefois à chercher une épouse de circonstance. Et c'est Georgie, sa belle assistante, qui est chargée de lui dénicher la femme idéale. Seulement voilà, alors qu'il côtoie chaque jour Georgie dans le cadre paradisiaque de l'île de Talos, Loukas prend conscience qu'elle éclipse toutes les candidates au mariage...

La proposition d'une innocente,
de Melanie Milburne - N°4429

SÉRIE : *OBJECTIF PASSION* - 1/3

Dans un mois, Ivy fêtera son trentième anniversaire. Or pas question pour elle d'atteindre l'âge fatidique sans avoir connu d'abord les plaisirs de l'amour. Parce qu'elle est toujours célibataire, elle ne voit qu'une solution : proposer à son ami Louis Charpentier de lui ravir son innocence. Bien qu'il soit un play-boy et un séducteur invétéré, cet homme a toute sa confiance. Et puis, dans la mesure où il est aussi expérimenté que rétif à toute forme d'engagement, il sera le partenaire parfait. L'amant idéal, pour une nuit seulement...

Conquise par Ashton Castle,
de Natalie Anderson - N°4430

SÉRIE : *FRÈRES REBELLES* - 1/2

Un verre de champagne, un bain moussant… Merle profite du confort de la somptueuse villa qu'on l'a autorisée à occuper durant son séjour sur l'île de Waiheke, où elle fait des recherches sur la famille Castle. Jusqu'à l'arrivée inopinée d'Ashton, le maître des lieux, dans la salle de bains où elle se prélasse ! Mortifiée par cette rencontre avec le ténébreux milliardaire qui la couve d'un regard chargé de désir, Merle l'est davantage encore quand il lui révèle qu'ils passeront la semaine en tête à tête…

L'étranger de l'orage, de Marion Lennox - N°4431

Seule dans la ferme délabrée qu'elle vient d'hériter, Charlotte tente d'ignorer le fracas de l'orage, dehors. Et c'est avec un certain soulagement qu'elle voit débarquer chez elle un homme qu'elle n'a jamais rencontré, mais auquel elle offre l'hospitalité. Au cours de cette nuit de tempête, inquiétante et magnifique, tous deux en viennent à tomber dans les bras l'un de l'autre. Charlotte, déjà, sent son cœur battre pour son compagnon d'infortune ! Hélas, elle ne tarde pas à découvrir qu'ils ne font pas partie du même monde, car Bryn Thomas Morgan se révèle être un lord anglais…

Une brûlante étreinte, de Jennifer Hayward - N°4432

Diana enrage. Que lui a-t-il pris d'accepter de se rendre au mariage de son amie Annabelle ? Elle savait pourtant que Coburn, son futur ex-mari, s'y trouverait aussi, et que la simple vue de cet homme qui lui a brisé le cœur lui serait insupportable. D'autant que Coburn semble s'amuser de la situation, joue avec elle comme un lion avec sa proie, la provoque… et finit par l'attirer dans son lit. Diana comprend alors que c'est peut-être ce qu'elle est venue chercher ici, ce soir : la terrible confirmation de l'emprise absolue qu'il exerce, aujourd'hui encore, sur ses sens…